Dinah Maria Mulock

Ein mutiges Weib

Zweiter Band: Aus dem Englischen von Sophie Verena

Dinah Maria Mulock

Ein mutiges Weib
Zweiter Band: Aus dem Englischen von Sophie Verena

ISBN/EAN: 9783743629882

Hergestellt in Europa, USA, Kanada, Australien, Japan

Cover: Foto ©Andreas Hilbeck / pixelio.de

Weitere Bücher finden Sie auf **www.hansebooks.com**

Ein muthiges Weib.

Zweiter Band.

Ein muthiges Weib.

Von

der Verfasserin von „John Halifax".

Aus dem Englischen

von

Sophie Verena.

Autorisirte Ausgabe.

Zweiter Band.

Leipzig,
Ernst Julius Günther.
1870.

Sechstes Kapitel.

Wie in einem Traume wandelte Josephine Scanlan vom Pfarrhause zurück.

Anfangs war sie durch die überraschende Kunde so überwältigt worden, daß ihr Alles wie etwas Unwirkliches vorkam.

Wie wunderbar — wie wunderbar, daß sie die Erbin eines Mannes sein sollte, der nach den Gesetzen der Natur wohl nicht mehr viele Jahre leben und jeden Tag sterben konnte, und dann ihr und ihrer Familie ein so beträchtliches Vermögen hinterließ, daß jede Sorge um die Erziehung und Zukunft ihrer Kinder schweigen mußte. Ihr tüchtiger braver Cäsar, die zarte, kluge Adrienne, alle die anderen Lieblinge, welche sie jeden mit einer besonderen Zärtlichkeit, und alle mit gleicher Mutterliebe umfaßte — sie würden niemals Mangel erdulden, nie so leiden, wie sie gelitten. Gott sei gepriesen dafür!

Dies war der erste klare Gedanke, der sich aus dem Chaos hervorrang und er überkam sie mit einem wonnigen Entzücken, als sie die Gartenpforte verließ, an der sie ganz benommen und zitternd lange Zeit unter dem großen Weißdornbaume gestanden. Jahre lang

erinnerten sie die rosigen Blüthen und der leise Duft
des Weißdornes an die bewegten Gefühle jener Stunde.
Nach und nach gewann Josephine Ruhe und Fassung,
klar zu überdenken, was ihr seit dem Morgen geschehen, und
welche gänzliche Veränderung ihr Lebensschicksal erfahren.
Nicht äußerlich. Es war ihr klar, daß Herr Old=
ham durchaus nicht beabsichtige, seine Testamentsbestim=
mung öffentlich werden zu lassen. Auch hinterließ er
ihr sein Vermögen, ausdrücklich hatte er sie meine
Erbin genannt, ohne je ihres Mannes zu erwähnen.
Beide Thatsachen erstaunten sie.

So war der Rector bei aller seiner höflichen Zu=
rückhaltung doch ein scharfsichtigerer Mann, als sie ge=
dacht; und er hatte die Geheimnisse ihres ehelichen Le=
bens klarer durchschaut, als irgend Jemand, war tiefer,
als sie je vermuthet, in die Vorgänge ihres Haushaltes
gedrungen.

Er hatte seine eigenen Gründe — und ihre wahr=
haftige Natur mußte sie als recht anerkennen — daß er
von ihr das Gelübde verlangte, daß Alles in ihrem
Hause wie früher bliebe und Edward Scanlan nichts
von dem Glückswechsel ahnte, der bald in ihre Ver=
hältnisse kommen könnte. Die Gattin mußte einräu=
men, daß Herr Oldham wohl gethan, und das Beste
und Richtige gefunden.

Mancher möchte einwenden, es sei nicht recht von
ihr, so klar die Schwächen und Fehler ihres Mannes
zu sehen. Ist es denn aber möglich, daß in einem Ver=
hältnisse, sei es in der Ehe oder in anderen nahen Be=
ziehungen, es Pflicht sei, seine Augen den Thatsachen

zu verschließen und an eine Lüge zu glauben? Ich
meine nicht. Ich denke, daß jede rechte Liebe in dem
Sinne Gottes Liebe gleich steht: „daß sie die Sünde
verabscheuen und den Sünder doch lieb haben kann;“
daß sie, ohne die Schwächen und Mängel des Geliebten
zu übersehen, trotzdem ihn weiter zu lieben vermag, bis
zu einer gewissen Grenze der Duldsamkeit, und daß,
wenn endlich die Liebe stirbt, dieses Ertragen sie noch
überlebt. Ueberdies wird die Liebe endlich zu einer lie=
benden Gewohnheit und Josephine war dreizehn Jahre
verheirathet.

In all dieser langen Zeit hatte sie nie ein leichteres
Herz gehabt, als auf jenem Heimwege, da sie mehr und
mehr erkannte, welche glückliche Wandlung in ihren Ge=
danken, Sorgen und Plänen die wenigen Worte des
Herrn Oldham hervorgebracht hatten, obgleich dies ein
Geheimniß bleiben mußte.

Es wurde ihr dies Schweigen jetzt nicht mehr so
schwer, wie es ihr früher geworden sein würde, sie war
nach und nach gezwungen worden, Manches still in sich
zu verschließen, weil es nicht nur nutzlos, mehr als das:
schädlich gewesen wäre mit ihrem Manne darüber zu
sprechen. Sie verbarg ihm ja stets Alles, was Anlaß
zu Furcht und Sorgen gab, nun konnte sie auch einmal
diese gute Aussicht ihm verschweigen, und nur für die
Gegenwart; die Zeit würde ja kommen, wo er ihr Glück
voll genießen konnte. Selbst jetzt brachte sie ihm die
frohe Kunde, daß sein Gehalt erhöht sei und zwar, wie
sie glaubte, in einer Weise erhöht sei, die ihn ganz be=
friedigen würde.

1*

Sie wenigstens war vollkommen zufrieden. Ehe sie eine Viertelstunde Weges zurückgelegt, erschienen ihr die Ereignisse des Tages wie ein reines, ungetrübtes Glück, dessen sie sich rückhaltlos erfreute. Josephine fühlte keine Scheu, die unverhoffte Erbschaft anzunehmen; Herr Oldham besaß keine nahen Verwandten, die etwas von ihm hätten erwarten können, und selbst wenn solche da gewesen, konnte er nicht mit seinem Eigenthum nach seinem Belieben schalten und walten? Er war ein alter Junggeselle, an den Niemand ein Anrecht hatte; der ohne Jemand zu nahe zu treten sein Vermögen, wem er wollte, hinterlassen konnte.

Von ihrem Standpunkte als Mutter wunderte sich Frau Scanlan auch nicht über seine Wahl. Sie selbst galt bei dem Ganzen nur als Name, so meinte sie; sie konnte schon eine ältliche Frau sein, wenn ihr die Erbschaft zukam; aber sie mußte doch immer ihren Kindern zufallen, und wer vermochte Cäsar und Louis zu sehen, ohne nicht froh zu sein, solchen Knaben ein Vermögen zu schenken. In ihrem Herzen hielt die Mutter Herrn Oldham nicht nur für einen großmüthigen und gütigen, sondern auch für einen sehr klugen, einsichtsvollen Mann.

Nachdem sie einen kleinen Umweg am Flusse entlang gemacht, ihrer Erregung Herr zu werden, ging sie durch die Stadt; aber in so gerader, sicherer Haltung schritt die junge Frau dahin, als scheue sie sich nicht, Jedem zu begegnen. Lag nicht der Wechsel in ihrer Tasche, und war nicht ihre Zukunft gesichert? Nein, solche Demüthigungen, wie die letzte Zeit sie ihr gebracht, konnten sie nicht wieder treffen. Hätte der Wech=

sel nicht auf ihren Mann gelautet und seiner Unterschrift
bedurft, so würde sie gleich einen Theil der Summe
verausgabt haben, diese „peinlich redliche" Frau, wie
Edward Scanlan sie oft nannte. So trat sie nur in
all die Läden, an denen sie vorüber kam und forderte
ihre Rechnung mit dem Bemerken, sie werde morgen
den Betrag schicken.

Dann schritt sie fröhlich über den Anger dahin mit
einem Herzen voll Dankbarkeit gegen Gott und Men=
schen. Sie hätte die ganze Welt umarmen mögen, wie
man zu sagen pflegt. Einen Bettler erfreute sie mit
Silbergeld statt mit einer Kupfermünze. Jeden Be=
kannten, dem sie begegnete und sonst ausgewichen war,
redete sie heute an; gab und empfing verschiedene Ein=
ladungen und sprach und lächelte so fröhlich und lieb=
lich, daß mehr als Einer ihr sagte, wie wohl und vor=
trefflich sie aussähe. Das nahm' sie gar nicht Wunder;
es war ihr, als müsse sie jetzt stets wohl aussehen, als
wären ihre dunklen, sorgenvollen Tage für immer vor=
über.

Solche Zeiten haben wir Alle, und wir staunen dar=
über, wenn die düsteren Tage wiederkehren, wie sie ja
nicht ausbleiben können; aber die glückliche, sonnige Zeit
ist eine gesegnete, und sie läßt selbst nach ihrem Ent=
schwinden einen sanften Abglanz, einen süßen Hauch zu=
rück, die uns mehr erfrischen und aufrecht erhalten, als
wir denken.

Als Frau Scanlan zur Thür ihres Hauses kam —
dieses kleinen, engen Häuschens, in dem sie so lange
gewohnt und vielleicht noch lange wohnen würde — war

die Erste, welche ihr entgegenlief, ihre kleine älteste
Tochter.

„Mama, Du bringst gute Nachrichten!" rief das un=
gewöhnlich kluge Kind, das schon verstand, jeden Aus=
druck im Gesichte seiner Mutter zu lesen.

Für einen Moment fühlte die Mutter, als ob ein
Dorn sie stäche, die Bürde, welche Herr Oldham auf
sie gelegt, oder die sie freiwillig angenommen, indem sie
versprach, das Geheimniß unter jeder Bedingung zu
wahren. Sie brächte gute Kunde, aber sie durfte sie
nicht mittheilen, konnte nicht die Ihrigen auffordern,
froh mit ihr zu sein, wenigstens nur in einer sehr engen
Grenze. Zum ersten Male war sie genöthigt, Ausreden
zu ersinnen und ihre Augen vor denen ihres eigenen
Kindes niederzuschlagen, vor dem reinen, klaren Blick,
der voll tiefer Theilnahme auf ihr ruhte.

„Ja, mein Liebling, ich bringe gute Nachrichten,
Herr Oldham war sehr freundlich und großmüthig. Er
hat unsere Bitte erfüllt und wir werden jetzt beinahe
reich sein."

Denn natürlich wußte Adrienne um alle Sorgen und
Verlegenheiten im Hausstande, ebenso wie Bridget und
die anderen Kinder, welche schon alt genug waren, etwas
davon zu verstehen. Diese Sorgen konnten einmal nicht
gut verborgen werden, und überdies war der Vicar so
unvorsichtig und achtlos in seinen Gesprächen vor der
Magd und den Kindern, daß es unmöglich war, den
Stand der Dinge zu verheimlichen.

Josephine hatte es lange nach besten Kräften ver=
sucht, besonders vor Cäsar und Adrienne, die nun schon

heranwuchsen und mit einer frühreifen Angst an den
Sorgen ihrer Mutter theilnahmen; endlich aber stand
sie in Verzweiflung von dem Versuche als einem un=
ausführbaren ab und ließ den Dingen ihren Lauf. Es
schien ihr doch noch besser, daß die Kinder Alles wußten,
als daß sie entstellte Thatsachen und verkehrte Ideen in
ihre kleinen Köpfe aufnehmen. Waren nicht der Kinder
Seelen in ihrer Mutter Hand? Sie glaubte es so.

„Ja, Adrienne, mein Herzchen," begann Frau Scan=
lan von Neuem, „Du brauchst Dich nun nicht mehr
um Mama's Sorgen zu grämen. Herr Oldham hat
Deines Vaters Gehalt erhöht, wir müssen ihm dafür
sehr dankbar sein und Alles, was in unserer Macht steht,
für ihn thun."

„Müssen wir das? Natürlich, dann wollen wir es.
Aber, liebe Mutter, wenn der Rector, wie Papa mir
erst vorhin erzählt, ihm so lange viel zu wenig gezahlt
hat, weßhalb müssen wir ihm nun so sehr erkenntlich
sein? Er hat jetzt doch nur recht gethan."

Josephine erwiderte nichts. Wieder berührte sie der
Dorn und noch ein anderer Stachel, der sie oft ver=
wundete. Wenn der Vater keine bessere Gesellschaft
fand, unterhielt er sich mit seinen Kindern, besonders
mit Adrienne, und da brachte er nicht selten Ideen und
Gefühle in die unschuldigen Herzen, welche die Mutter
oft erst in Tagen und Wochen wieder daraus verdrän=
gen konnte. Sie durfte doch nicht geradezu sagen:
„Dein Vater hat Dir eine Unwahrheit erzählt," oder:
„Papa hat zuweilen eigenthümliche Ansichten von einer
Sache, die in Wirklichkeit anders ist." Sie vermochte

nichts, als auf ihren eigenen starken Einfluß zu bauen und auf die Zeit, welche im Stillen Alles wieder ebnen und gut machen würde.

Der kühne, selbstvertrauende und doch pathetische Wahlspruch, den Philipp der Zweite sich erwählt: „Zeit und ich gegen jede zwei Andere" klang oft in dem Kopfe dieser armen, einsamen, tapferen Frau, welche in eine unnatürliche Unweiblichkeit hinein gezwungen wurde, so daß sie zuweilen sich selbst haßte und dachte, daß, wenn sie sich als einer unbetheiligten dritten Person begegnen könnte, Josephine Scanlan das letzte Wesen in der Welt sein würde, nach dessen Bekanntschaft sie sich gesehnt.

„Adrienne, wir wollen jetzt nicht die Frage, ob recht oder gütig erörtern. Genug, Herr Oldham ist ein vortrefflicher Mann, den sowohl Papa als ich hochachten und lieb haben."

„Ich glaube nicht, daß Papa ihn sehr gern mag, er lacht ja stets über ihn und seine Wunderlichkeiten."

„Wir lachen oft über Menschen, für die wir sehr tief und innig fühlen," entgegnete Frau Scanlan so ernst und förmlich, als habe sie einen moralischen Grundsatz festgestellt. Während sie dann die zarten, dünnen Arme ihres Töchterchens um ihren Hals legte und das kleine ängstliche, sorgenvolle Gesicht anblickte, kam wie ein Strom des Entzückens das Bewußtsein über die Mutter, daß ihre süße, zarte Blume niemals von den Stürmen der Armuth und des Mangels werde geknickt werden, und sie fühlte in der heißen Dankbarkeit ihres Herzens, daß sie fortan jedes Ungemach bestehen, jede Sorge tragen könnte, ja, selbst die schwere Aufgabe, ihrem

Manne nur die Hälfte dessen zu erzählen, was ihre
Seele erfüllte, an seiner Seite in gewohnter Weise weiter zu leben und sich jeder Minute des wichtigen Geheimnisses bewußt zu sein, das sie doch nicht verrathen,
nicht einmal im Geringsten ahnen lassen durfte.

Doch war sie nahe daran, dies in der ersten halben
Stunde zu thun.

Edward Scanlan hatte den ausgestellten Wechsel des
Rectors mit dem Eifer und der Begier eines Knaben
an sich gerissen. Eine der Entschuldigungen, welche seine
Frau immer für ihn hatte, war die, daß er in manchen
Dingen noch so ganz unverständig und knabenhaft war,
und nicht nach den Gesetzen beurtheilt werden konnte,
welche die Pflicht einem Manne seines Alters vorschrei-
ben, der überdies Gatte und Familienvater war, der
aber niemals dazu geboren zu sein schien, die Bürde
solcher „Hindernisse" zu tragen. Voll Entzücken schaute
er auf die Zahlen, welche für seinen sanguinischen Sinn
eine Summe von unerschöpflichem Werthe vorstellten.
Er begann herzurechnen, was er und der Hausstand
Alles nothwendig brauche, und er hatte im Geiste schon
das halbe Geld ausgegeben, während seine Frau ihm erzählte, auf welche Weise sie es erlangt.

Das ließ ihn sehr kalt, erweckte seine Neugier gar
nicht. Es war erreicht, das war genug. Er beachtete
die vielen Lücken in Josephinens Geschichte nicht, nicht
ihr Stocken, Zögern und beschämtes Niederblicken, ebenso wenig ihre gelegentlichen Liebkosungen, die sie ihm
fast unwillkürlich spendete in dem Gefühle, als müsse
sie ein gegen ihn begangenes Unrecht gut machen;

sei ihm dieses auch unbekannt und leide er nicht dar=
unter.

Als sie ihm aber erzählte, daß sie in den Läden in
Ditschley gewesen, und welche große Summe Geldes sie
morgen bezahlen müßten, wurde er sehr ärgerlich.

„Welche lächerliche Eile Du einmal wieder hast!
Als ob diese impertinenten Burschen nicht noch etwas
länger mit ihren Rechnungen warten konnten, nachdem
sie uns so damit geplagt. Ich habe nicht übel Lust, sie
noch lange nicht zu bezahlen, nur würde es für einen
Prediger wunderbar aussehen."

„Für jeden Mann, jeden Menschen," erwiderte seine
Frau ruhig. „Hier ist das Verzeichniß der Summen,
die wir schulden, wir müssen mit dem übrigbleibenden
Gelde sehr sparsam umgehen."

„Wie, dies Alles willst Du mit einem Male bezah=
len? Nun, da hättest Du ebenso gut gar nichts heim
bringen können. Wir werden uns trotz des alten Old=
ham's „Großmuth," wie Du es nennst, nicht besser
befinden. Eine schöne Großmuth. Da Du einmal
dabei warst, Josephine, und er dir freie Hand ließ,
warum verlangtest Du nicht etwas mehr?"

Josephine erhob sich in heißer Empörung.

„Mehr von ihm fordern, da er schon so viel gab,
und uns noch mehr ...."

„Ja, Alles zu geben gedenkt," hätte sie beinahe ge=
sagt, doch schwieg sie zu rechter Zeit. Dennoch hatte
Edward's feines Gehör — ich erwähnte schon einmal,
daß er in Geldsachen sorglos und schlau zugleich war —
das Wort aufgefangen.

„Was will er uns mehr geben? Seidene Kleider, Bücher für die Kinder, oder Früchte und Gemüse für den Haushalt? Das sind doch seine hauptsächlichsten Gaben. Lappalien! Mir giebt er niemals etwas, nie erwägt er das schwere Opfer, welches ich ihm täglich bringe, da ich in dem dummen Ditschley bleibe. Und doch muß er meinen Werth erkannt haben, oder er hätte niemals mein Gehalt erhöht. Es ist die Stimme seines Gewissens, welche ihn dazu trieb, er weiß recht gut, er würde Niemand außer mir finden, der all' die Arbeit für das Geld thäte."

„Edward, Du weißt, dem ist nicht so. Der Rector sagte mir noch heute, für die Hälfte Deines Gehaltes ständen ihm zwanzig Vicare zu Gebote."

„Doch keiner gleich mir."

Josephine sah ihren Mann schweigend an. Vielleicht erwog sie seinen Werth, möglich, daß sie ihn schon lange kannte, und von der Thatsache ausging, daß was und wie er sonst auch sei, er ihr Gatte war, — und daß er verschiedene Anlagen und Eigenschaften besaß, die er ebenso wenig ändern konnte, als die Farbe seines Haares; eine sehr hohe Meinung von sich selbst war unter diesen Eigenschaften.

„Meinst Du nicht, Edward, daß anstatt über unser Glück so zu disputiren, es besser wäre, es dankbar und freudig anzunehmen? Ich bin sehr zufrieden."

Aber eine niedrige Seele ist nie dankbar. Ihr können Gott und Menschen immerzu Gutes spenden und doch ertönt der Ruf: „Gebt mehr — noch mehr!" und ſobald die Gaben aufhören, beginnt das Murren von Neuem.

Ehe Edward Scanlan ſich fünf Minuten über die unerwartete Gehaltszulage gefreut, zürnte und klagte er ſchon, daß ſie nicht größer ſei. Erſt der Blick ſeiner Frau, in deren klaren, ehrlichen Augen ein Ausdruck lag, vor dem er ſich ſchämte, brachte ihn etwas zur Vernunft, und er ließ ſich herab zu ſagen, ſie habe ihren Auftrag „leidlich gut" ausgeführt.

„Es war ein ſchweres Tagewerk, meine Liebe, Du hatteſt einen langen Weg und mußteſt gewiß ſehr viel reden. Du biſt eine brave, gute Frau, ich verdanke Dir viel."

Joſephine lächelte. Ja, es war ein ſchweres Tagewerk geweſen und ihr Mann ſchuldete ihr Dank, mehr als er wußte. Es iſt wunderbar, wie oft Menſchen ſich wegen eingebildeter Irrthümer und eines nie begangenen Unrechtes entſchuldigen, während die wirklichen Mißgriffe und ſchwere Kränkungen oft gar nicht einmal von denen geahnt und gemerkt werden, die ſie verhängen.

Während Joſephine geſchäftig war, den Thee zu bereiten oder die kleine Katharine zu warten — indeſſen Bridget den Tiſch deckte, und natürlich ſchon Alles wußte und mit Blicken der größten Bewunderung und Freude ihre Herrin anſchaute — während Joſephine ſich alſo beſchäftigte, kam ihr plötzlich die Idee, wie es ſonderbar, faſt lächerlich ſei, daß die künftige, reiche Erbin ſich mit all dieſen kleinlichen häuslichen Verrichtungen abgab; aber der Gedanke beluſtigte ſie mehr, als er ſie verwirrte, und ehe viele Stunden vergangen, erſchien ihr das Ganze so unreal, daß, als sie am nächsten Morgen erwachte, sie sich fast einbilden konnte, sie habe Alles nur geträumt.

Als nach einigen Tagen der Rector seinen gewohnten Besuch machte, dankte ihm Josephine noch einmal für alle seine Güte, und deutete auch leise auf seine letzten Worte an der Gartenthür hin; aber er unterbrach sie augenblicklich.

„Niemals kommen Sie darauf zurück. Vielleicht war ich ein Thor, es Ihnen zu vertrauen, doch ist es nun geschehen. Nur erinnern Sie Sich, es muß Alles bleiben, als hätte ich nie gesprochen."

„Es thut mir leid — wenn Ihre Gründe" —

„Meine Gründe sind, daß ich nicht an meinen Tod gemahnt sein will; wenig Menschen lieben das. Ich werde fest an meinem Abkommen halten, Frau Scanlan; wenn Sie aber jemals zu mir oder einem Anderen davon sprechen, so ist es null und nichtig. Ein Testament kann so leicht verbrannt werden, wie es gemacht wurde. Daran denken Sie!"

„Gewiß," erwiderte Josephine mit einem Gefühl der Demüthigung, das fast an Todesangst grenzte. Eine plötzliche Furcht kam über sie, dasselbe Empfinden, wie es der Schiffbrüchige kennt, der am Horizonte einen Fleck sah, den er für das Segel eines Schiffes hielt, und der doch vielleicht kein Segel war oder wenn er selbst eines gewesen, nach seinem abgelegenen Ort nicht kommt — was soll aus ihm werden?

Dessenungeachtet hatte Josephine doch Selbstbeherrschung genug, ruhig zu erwidern:

„Ich verstehe Sie vollkommen, Herr Oldham, und bitte Sie, stets zu thun, was Sie für recht halten."

„Ich glaube Ihnen dies, Madame, und ich handle demgemäß," entgegnete der alte Herr mit seiner ihm eigenthümlichen Höflichkeit; dann rief er eines der Kinder herbei, und somit war das Gespräch beendet.

Es ward nie wieder aufgenommen. Während der kommenden Monate und Jahre bewahrte der Rector ein so unverbrüchliches Schweigen über die Sache, daß Josephine sich zuweilen kaum zu überreden vermochte, was er ihr vertraut, sei wahr, und es sei nicht Alles ein Ergebniß ihrer eigenen lebhaften Phantasie.

Anfangs nahm sie die frohe Kunde mit voller Gewißheit hin und erfreute sich ihrer im Stillen. Es war ein solches unschuldiges Vergnügen, das Niemand Schaden brachte, Keinem etwas raubte. Das Vermögen mußte doch Einem zufallen, der alte Herr konnte es nicht mitnehmen. Er sollte es genießen, so lange er lebte, und wenn der Tod ihn berührte, so würde es hoffentlich mit sanfter Hand geschehen, daß er leise dahin sänke, wie das letzte Blatt eines Baumes. Vielleicht würde er dann nicht ungern scheiden, und der Gedanke möchte noch seine Todesstunde erquicken, daß sein Sterben anderen Lebenden Glück brächte, jungen frohen Wesen, die bereit wären seinen hinterlassenen Wohlstand auf kommende Geschlechter segensvoll zu übertragen.

Der Wunsch, eine Familie zu gründen, und in ihrem Wachsen und Gedeihen weiter zu leben, war in Josephine Scanlan besonders stark. Der leidenschaftliche Instinct der Mutterliebe, vielleicht das tiefste Empfinden des Weibes

— und Gott weiß, sie braucht es, ihr den dornigen
Pfad zu versüßen, welchen jede Mutter seit unserer
Stammmutter Eva gewandelt ist — war bei ihr nicht
mit ihren Kindern erschöpft. Sie träumte oft von ei=
nem künftigen Geschlechte, das noch geboren werden
sollte, von ihr abstammend, ihre leiblichen und geistigen
Eigenschaften erbend — denn sie mochte ihr Aeußeres
wohl leiden, weil es dem ihres Vaters so ähnlich war.
Von diesem neuen schönen und tüchtigen Geschlechte
träumte sie, wie Dichter von Ruhm und Feldherrn von
Eroberungen träumen

Josephine blickte oft ihren Cäsar an, der nach dem
wunderbaren Verlauf der Natur ihrem eigenen Vater
fast erschreckend ähnlich sah, ein richtiges Abbild des al
ten Vicomte de Bougainville war, und dann dachte sie
mit einer Freude, die sie nicht zu unterdrücken vermochte,
daß der alte edle Stamm durch ihren Sohn wieder er=
stehen könne, wenn auch der Name erloschen sei. Denn
würde nicht ihr schöner Knabe genug Vermögen erben,
um sich eine Stellung in der Welt zu erwerben und
die Würde jenes versunkenen und doch neu auflebenden
Geschlechtes vor aller Welt aufrecht zu erhalten?

Cäsar war ein vortrefflicher Knabe, einfach, pflicht=
treu, chevaleresque und durch und durch edel und ehren=
haft in all seinem Denken, Fühlen und Thun; so ganz
nach dem alten Typus der de Bougainville's geartet,
die ebenso tapfer für ihr Vaterland gefochten, wie später
treu und muthig für ihren Glauben duldeten, ja, um ihn
zu wahren selbst das theure Vaterland aufgaben; und
unter allen Sorgen und Entbehrungen hatten sie den

wahren Adel aufrecht erhalten, dem Wahlspruche des
Vicomte treu nachgelebt: Noblesse oblige. Josephine
beobachtete, wie ihr Sohn immer größer, schöner und
männlicher sich entfaltete, in einer Weise wie vielleicht
Sarah ihren Isaak beobachtet hatte, in ihm nicht nur
Isaak, ihren Sohn, sondern Isaak das Kind der Ver=
heißung, den Vater zahlloser Geschlechter sehend.

Ich glaube, daß Frau Scanlan sich in diesem Zeit=
abschnitt recht glücklich fühlte. Ihre pecuniären Sorgen
waren erleichtert, die ewig drückende Bürde war von
ihren Schultern genommen. Sie hatten genug um zu
leben, und nachdem alle Schulden bezahlt waren, konnte
sie sogar etwas zurücklegen, und die Kinder genossen
jetzt manche kleinen Annehmlichkeiten, welche sie sonst
entbehrt. Sie empfand nicht mehr jenen scharfen Stachel
heißen Grolles, den sie früher zuweilen gefühlt, wenn,
nachdem sie gespart und gedarbt, um Adrienne einen
warmen Mantel, Cäsar ein Paar Stiefel zu kaufen, sie
plötzlich diese Summe von ihrem Manne verausgabt
sah, indem er ganz fröhlich heim kam mit einigen alten
Folianten unterm Arme, theuren theologischen Büchern,
die er so eben gekauft, nicht um darin zu studiren, er
las und studirte selten viel, sondern nur — weil sie für
die Bibliothek eines Geistlichen so gut paßten. Und
wenn dann die arme erschrockene Mutter ihm nicht nur
die geforderte Bewunderung für seinen Kauf versagte,
sondern sich sogar eifrig dagegen auflehnte, dann fing
er an zu argumentiren und ihr zu beweisen, daß die
Bücher bessere Speise und Wohlthat für den Geist seien,
als Kleider für den Leib, und daß eine gute Gattin stets

die Neigungen und Wünsche ihres Mannes denen ihrer
Kinder voranstellen müsse. Es war ihm leicht so zu
sprechen und seine Beweisgründe waren so umfangreich
und schwülstig, daß er seine Frau zuweilen halb über=
zeugte, sie habe Unrecht. Sobald sie aber wieder allein
war und ruhig nachdachte, zeigte ihr Gewissen ihr das
Rechte. Mochte sie oft nicht verstehen es klar zu machen,
so fühlte sie es dennoch, und keine Beredtsamkeit der Welt
konnte sie davon überzeugen, daß schwarz — weiß, oder
wenigstens nur grau sei, ein sehr zartes, mattes Grau.

Jetzt aber schien der Sonnenschein der Hoffnung,
der über ihren Pfad gefallen war, oder besser ihrer Zu=
kunft leuchten würde, Josephinen's Natur durch und
durch zu erwärmen und weicher und hingebender zu
machen gegen Jeden, doch vornehmlich gegen ihren Gat=
ten. Sie fühlte sich zu ihm hingezogen durch eine neu
auflebende Zärtlichkeit, die er wohl vermißt haben konnte,
wenn er ein feinfühlender Mensch gewesen, der er nicht
war. Alles Ungemach und alle Ungerechtigkeiten, die
ihn nach seiner Meinung trafen und unglücklich mach=
ten, wie alle seine Schwächen, waren mehr materieller
als geistiger Art und berührten mehr ihn als Andere. Er
bedauerte es sehr, seine Kinder in so abgetragenen Klei=
dern zu sehen, es kam ihm aber nie in den Sinn, ob
ihr Inneres wohl besser bewahrt sei. Sie erhielten ja
nur eine sehr mangelhafte Erziehung und ihre haupt=
sächlichste Gesellschaft bildete die Mutter und die treue
Bridget. Jedenfalls hätten sie in schlechtere kommen
können.

Der Vicar war oft außer sich und sehr betrübt über

die Gegenwart, weil alle Annehmlichkeiten des Lebens
nur spärlich in seinem Hause vorhanden waren; aber um
die Zukunft seiner Familie war er nie ängstlich oder be=
sorgt. Was ihm gerade für den Moment recht und an=
genehm schien, das that er, und war vollkommen mit
seinem Thun zufrieden; aber er blickte nie über den
gegenwärtigen Tag hinaus.

„Kümmere Dich nicht um das Morgen," war eines
seiner Lieblingsthema, wenn jemals seine Frau ihre Be=
sorgnisse ihm darlegte. Was hatte sie für Ursache zum
Aengstigen? Sie verdiente doch nicht das Brot für die
Familie? Er war derjenige, der alle Bürden und La=
sten tragen mußte, und er bedauerte sich darüber oft so
aufrichtig, daß seine Frau ihn zuweilen auch bemitleidete,
da sie sah, er war einer der Charaktere, dessen schwächste
Seiten durch Trübsal verschlimmert werden.

Josephine las oft die Klage Hiobs mit einer Art in=
niger Sympathie. Wohl verstand sie nicht halb Hiobs
Trübsal und Versuchung „ihre Kinder waren noch um sie
her" — „Gottes Leuchte schien noch über ihrem Hause," die=
ses helle, goldige Licht der Zufriedenheit, welches all die
Armuth in ihrer Familie verklärend überstrahlte. Ge=
sundheit herrschte darin, denn gerade die Menschen,
welche kärglich und enthaltsam leben und tüchtig arbeiten,
sind oft wunderbar von Krankheit verschont. Oft aber
schien ihr dieser Segen keine solche Wohlthat, wenigstens
wurde er durch den Mangel an ausreichenden Geldmit=
teln verdunkelt, besonders in Beziehung auf ihren Mann.

Dann hoffte sie, daß seine Klagen später im Wohl=
stande schweigen würden, wenn sie ein größeres Haus

hätten, und die Kinder ihm nicht so oft im Wege wären,
wenn mehr Dienerschaft zu seiner Verfügung stände,
mehr Comfort ihn umgäbe und er nicht jenen so großen
Abstand zwischen dem Reichthume seiner Bekannten und
seiner eigenen Armuth fände, eine Quelle täglicher Krän=
kung jetzt für ihn. Es gab nämlich in Ditschley wenige
„armen Leute." Die Gesellschaft bestand aus den Guts=
besitzern der Umgegend, reichen Kaufleuten und wohl=
habenden Handwerkern, und der Vicar war stets geneigt
über sich, nicht unter sich zu blicken und sich zu wun=
dern, warum die Vorsehung die Güter der Welt nicht
besser und gleichmäßiger vertheilt hätte, und weßhalb
diese einfältigen Landedelleute und selbstgefälligen Krä=
mer so viel mehr Geld besaßen und es verausgaben
konnten als er, er, dessen Neigungen und Geschmacksrich=
tungen von so edler, hochgebildeter Art waren, daß es
eine Sünde und Schande blieb, sie unerfüllt lassen zu
müssen.

Waren denn seine Vergnügungen und Wünsche nicht
so harmloser Art? so dachte selbst seine Frau oft, um
ihn zu entschuldigen. Er war kein Trinker, wenngleich
ihm ein Glas Wein ganz wohl schmeckte; er war kein
Courmacher, es sei denn in der mildesten, selbst einem
Geistlichen erlaubten Form gewesen; niemals blieb er
lange von Hause fern, und was sein außerordentliches
Talent anbetraf, Geld los zu werden, so brachte er dies
nicht auf eine schlechte Art an, er streute es mehr mit
dem unschuldigen Unbedacht eines Kindes umher, als
daß er es mit der Absicht eines Verschwenders vergeu=
dete. Es war schwer und traurig, ihm etwas zu ver=

2*

sagen, noch härter, ihn zu tadeln; eher waren „die Ver=
hältnisse" anzuklagen, welche den ganzen Unterschied zwi=
schen einem harmlosen Vergnügen und einem wirklichen
Unrecht machten. Wenn er ein reicher Mann sein würde,
so würde gewiß Alles besser werden; so glaubte wenig=
stens seine Gattin und versuchte ihn zu entschuldigen
und ihn zu nehmen, wie er war, und an all die mög=
lichen noch schlummernden Vortrefflichkeiten in ihm zu
glauben, und sich des wirklich Guten in ihm zu erfreuen,
das vielleicht manche Menschen befriedigt haben würde,
die das Fehlen eines Lasters für eine Tugend nehmen
oder ihre Zuneigungen nach dem sicheren Gesetze bestim=
men lassen, das ich von mittelmäßig guten Leuten in
Beziehung auf entschiedene Schlechtigkeit habe aussprechen
hören: „Weshalb sollte ich den Menschen nicht leiden mö=
gen, er that mir ja nie etwas Böses." Aber für eine
Frau, deren Begriff von Recht ganz unabhängig von irgend
einem persönlichen Vortheil oder Schaden war, die um
der Liebe willen liebte und nur haßte, wo sie verachten
mußte, die das Leben mit der Idee eines hohen Ideales
begonnen und danach gestrebt, dies in den ihr Theuren
und besonders in dem Liebsten und Nächsten, ihrem
Gatten verwirklicht zu sehen — wie muß einer solchen
Frau eine solche Ehe zugesagt haben?

Dessenungeachtet schlug ihr Herz noch zärtlich für
den Vater ihrer Kinder. Sie sah ihn und Alles, was
er that, oder besser Alles, was er unterließ, im besten
Lichte. Wenn er murrte und klagte, nahm sie es ruhiger
und geduldiger als sonst auf, und dachte mit stiller Be=

friedigung an ihr wichtiges Geheimniß: daß alle diese
Unannehmlichkeiten nur vorübergehend wären, daß er
einst ein reicher Mann werden würde, der ganz nach
seinem Gefallen leben könnte. Denn in ihrem Herzen
mochte sie ihren Gatten glücklich sehen, es freute sie,
ihm jedes erlaubte Vergnügen zu gewähren, ja selbst
wenn sie seinen Launen und wechselnden Neigungen
Vorschub leisten konnte ohne den Schmerz zu haben, zu
wissen, daß jeder selbstsüchtig erfüllte Wunsch des Vaters
den Kindern den Bissen vom Munde raubte. Nicht
daß er es absichtlich that, aber er that es, weil die richtige und nothwendige Eintheilung der Dinge etwas war,
was Edward Scanlan nie verstehen lernte.

Dennoch war er für einige Zeit, nachdem sein Gehalt so erhöht worden, sehr gut und zufrieden. Das
bessere Einkommen gestattete ihm mehr Vergnügungen,
es verminderte die Sorgen seiner Frau und gab ihr
weniger Gelegenheit, ihm zu widersprechen. Sie wurde
in ihrem Wesen gegen ihn sanfter — und Edward Scanlan gehörte gerade zu denen, welche sich um äußerliches
Benehmen mehr bekümmern, als um die darunter ver-
borgenen Gefühle. In ihrer beiderseitigen froheren Ge-
müthsstimmung kamen die Gatten einander näher —
ein gefährlicher Zustand für das Geheimniß des Rectors.

Obgleich Josephine ihr Schweigen, ihre Verstellung
für recht hielt, so nannte sie sich dennoch oft eine Heuchlerin. Zwanzigmal des Tages war sie nahe daran, ihre
Arme um ihres Mannes Hals zu schlingen und ihm zu-
zuflüstern, sie habe ein Geheimniß vor ihm, doch eines,
welches ihm nicht Schaden, nur Nutzen bringen könnte.

Wenn er durch allerlei kleine Widerwärtigkeiten verletzt
wurde, dürstete sie danach, ihm zu sagen, daß die Tage
des Mangels nicht ewig dauern würden, daß sie einst
eine reiche Erbin sein und ihm Alles, was sein Herz
wünsche, gewähren, in seiner Befriedigung ein hohes
Genüge finden würde. Dieses schönste Glück des Reich=
thumes: Schätze auf Andere zu häufen, erstrahlte ihr
zuweilen aus der Zukunft und warf sein helles Licht
über manches Dunkel der Gegenwart. Denn es gab
doch noch immer der Sorgen viele in der Familie des
Vicares, und Josephine fühlte manchen Gewissensbiß, ob
sie wohl recht thue mit ihrem Schweigen und was ihr
Mann sagen werde, wenn er eines Tages Alles erführe.

Mehr als einmal war sie entschlossen zum Rector
zu gehen und mit ihm zu sprechen — ob es ihm recht
war oder nicht; ihm ihre Zweifel und Bedenken alle
mitzutheilen und ihn anzuflehen, sie ihres Versprechens
zu entbinden, ihr Herz von der Bürde zu befreien, de=
ren Last schwerer war, als er der Alleinstehende, der
Unverheirathete es begreifen konnte. Er wußte ja nicht,
wie die leiseste Verheimlichung zwischen Gatten dem
Glücke der Ehe gefährlich ist, deren beste Stärke und
kräftigster Trost gerade darin liegt, in Allem was da
komme, Schmerz und Freude, durchaus eins zu sein.

In dieser Absicht hatte Josephine sich eines Tages
schon angezogen, um zum Rector zu gehen; einen Vor=
wand zu diesem Besuche bot ihr der Umstand, sich und
die Kinder zu entschuldigen, daß sie nicht an einem
ländlichen Vergnügen bei ihm Theil nehmen könnten,
das, da die schöne Jahreszeit wieder eingetreten war,

stattfinden..sollte. Als Frau Scanlan das Haus verlassen wollte, trat ihr ihr Mann mit der Frage entgegen,
wohin sie gehe.

Ihr Antwort enthielt Wahrheit, wenn auch nicht die
ganze.

„Dich beim Rector entschuldigen?"

„Welche Lächerlichkeit. Die Einladung des Herrn
Oldham ablehnen, weil die Kinder zu einem.anderen
Feste aufgefordert sind — noch dazu bei einem gewöhn-
lichen Pächter!" rief er eifrig.

Josephine gab nicht gleich nach. Diese Einladung
war vor der des Rectors gekommen, und die Pächter-
familie hatte sich stets besonders gütig gegen ihre Kinder
benommen.

„Es sind aber so gewöhnliche Leute, von gar keiner
Bedeutung. Sie zu kränken ist sehr unwesentlich, aber
mit Herrn Oldham ist es jetzt etwas Anderes. Ich habe
nie groß darauf geachtet, doch neulich machten mich einige Bekannte aufmerksam, und es scheint wirklich, daß
der alte Herr unsere Kinder sehr gern mag."

„Es sind aber auch liebe und gute Kinder," erwiderte
die Mutter mit einem leisen Beben der Stimme.

„Natürlich. Und sogar hübsch — wenigstens einige
von ihnen. Bitte Mama, tritt nicht gleich ihretwegen
unter die Waffen, als ob ich sie immer heruntersetzen
wollte. Ich sehe ihre guten Eigenschaften gerade so klar
wie Du. Und wenn der alte Bursche sie wirklich lieb
hat, so habe ich nichts dagegen, daß Du ihn so viel als
möglich heranziehst."

„Heranziehen?!"

„Nun ja — ich meine in Bezug darauf, daß er den Kindern etwas vermacht. Er kann doch nicht ewig leben, und wenn er stirbt, eine kleine Summe, selbst nur einige Hundert, würden uns eine große Hülfe sein."

Josephine stand sprachlos. O, wenn sie noch das freie, klare Gewissen vom vorigen Jahre gehabt, wie empört würde sie ein solches Motiv zurückgewiesen haben, wie sie es ja mit anderen selbstsüchtigen Vorschlägen und Ansinnen that, die ihr Mann ihr hin und wieder schon gemacht. Denn dieser freimüthige, Alles in die Welt hinaussprechende, junge Irländer besaß bei dieser Sorglosigkeit doch auch wieder den echten Charakterzug seines Volkes, seinen Vortheil stets im Auge zu haben. So achtlos er in Vielem war, für seine Interessen war er nicht blind und unter all seiner unverständigen Freigebigkeit lag doch wieder eine Ader von Geiz und Niedrigkeit.

Er bemerkte wohl das staunende Schweigen seiner Gattin, und seine Liebe für Beifall und Anerkennung, um nicht Eitelkeit zu sagen, wurde dadurch verletzt.

„Du findest es unrecht von mir so zu sprechen? O, ich weiß ja schon, daß Du jede neue Idee von mir tadelst — alle Klugheit soll von Dir ausgehen."

Josephine beantwortete nur den ersten Einwurf.

„Ja, ich finde es unrecht Jemand heranzuziehen" wie Du es nennst, um daraus einen Vortheil zu erzielen. Du kennst doch das Sprüchwort: „Es thut nicht gut, auf die Schuhe von Todten zu warten."

„Aber wie kann man anders, wenn man keine hat?"

„So schlimm steht es nun mit uns nicht, Edward. Wir können leben und schulden Niemand etwas, Gott sei Dank!

„Du bist für jede Kleinigkeit dankbar," erwiderte der Vicar bitter, sehr bitter für einen Geistlichen. „Lassen wir nun die Zukunft ruhen; meinst Du nicht, Herr Oldham könnte jetzt etwas für uns thun, wenn er wüßte, wir brauchten Beistand? Neulich in der Sakristei hielt er mir eine kleine Extrapredigt in Bezug auf Cäsar, und fragte, wann der große Junge endlich zur Schule kommen und wohin ich ihn bringen würde. Eigentlich eine impertinente Einmischung von dem alten Herrn."

„Er meinte es gut," sagte Josephine demüthig und mit abgewandtem Blick; um zu verbergen, welche Freude es ihr sei, zu sehen, daß der Rector Interesse an dem Umstande nahm, der sie ja so sehr beschäftigte, daß ihr schöner, männlicher Knabe in einer Art Unwissenheit her= anwuchs, die für den Sohn jedes Gentleman bedauerlich war, und vielleicht zweifach so für Einen, der bestimmt schien, einen Platz in der Gesellschaft einzunehmen, wo er dann den Mangel einer guten Erziehung doppelt fühlen würde.

„Er meinte es gut — natürlich. Ein Rector meint es ja stets gut mit seinem Vicar, wenigstens muß der Letztere das annehmen. Meine Idee war aber die, da er so besorgt ist, der Knabe solle eine gute Erziehung erhalten, die wir ihm nicht geben können, so möchte der alte Herr vielleicht, wenn ihm die Sache recht vor= gestellt würde — Du hast ja eine so kluge Art, etwas anzufangen, Theuerste — so möchte er Cäsar vielleicht selbst auf die Schule schicken."

Josephine starrte Edward an:

„Ich verstehe Dich nicht recht."

Nein — zuweilen verstand sie ihren Mann wirklich nicht. Sie machte oft die größten Mißgriffe in Bezug auf ihn und seine Motive. Um eine ernste Sache von der komischen Seite zu nehmen — und wie oft thun wir dies in der Welt — sie befand sich in der Lage der großen Katze, die vergebens durch die Oeffnung zu schlüpfen versuchte, welche die kleine ganz gut passirte. Ihre groß angelegte Natur war nie im Stande die Kleinheit der seinigen zu berechnen.

„Nicht verstehen! Nun ich dächte, Josephine, die Sache wäre sonnenklar. Kannst Du nicht einsehen, wie viel wir sparen würden, wenn Herr Oldham sich ent= schließen könnte, den Knaben auf seine Kosten in die Schule zu schicken? Es ist doch nichts so Ungewöhn= liches. Mancher Reiche hat dies für den Sohn eines armen Mannes gethan, der ihm dafür Freude machte, und der Stolz des Wohlthäters wurde, wie ja Cäsar dies auch werden könnte, und dann müßte Herr Oldham noch uns verpflichtet sein, daß wir ihm den Dienst ge= leistet. Wirklich die Sache wäre für beide Theile gut," fuhr der Vicar immer wärmer werdend fort. „Dann könnte ich auch endlich jenen Besuch in London machen, von dem Summerhayes fortwährend spricht und aus dem er einen so großen Vortheil für mich und meine Familie erwachsen sieht."

Noch immer schwieg Josephine, aber ihr Antlitz ver=
dunkelte sich und nahm jenen ernsten, fast harten Aus=
druck an, den ihr Mann sowohl kannte und vor dem er
im Stillen etwas Angst hatte. In so fern war er ein
guter Mensch, daß er seine vorzügliche Frau hochverehrte
und liebte.

„Ich sehe, Du stimmst mit keiner dieser ausgesproche=
nen Ideen überein, meine Liebe; besonders nicht mit
der über Cäsar. Du kennst Herrn Oldham freilich besser
als ich. Wenn Du meinst, er würde solche Anspielung
übel deuten..."

„Ich würde niemals eine solche Anspielung machen.
Wollte ich von Herrn Oldham etwas, würde ich es ihm
offen sagen, und ich glaube, er würde es mir gewähren.
Aber ihn verblümt um Beistand bitten, den wir eigent=
lich nicht brauchen —"

„Nicht brauchen? Cäsar muß endlich in die Schule,
ich will nach London, und wir können nicht Beides durch=
führen, wie Du sagst."

„Nein; aber ebenso unmöglich ist es, daß wir Ver=
günstigungen und Unterstützung von Herrn Oldham an=
nehmen oder darum bitten."

„Das meinst Du, ich aber theile Deine Ansicht nicht.
Es ist keine Vergünstigung, jeder Arbeiter ist seines
Lohnes werth."

„Und der Bettler verdient sowohl seine Stöße, wie
seine Kupfermünze. Aber Edward, ich will keines von
Beiden. Du kennst meine Ansicht darüber. Es mag
wohl ein Mensch dem Anderen einen ehrenhaften Dienst,

einen gütigen Beistand erweisen und Beide könnten noch dadurch sich wohl thun, aber von Jemand etwas zu fordern und anzunehmen, was man, wenn auch mit persönlichen Opfern sich selbst leisten kann, ist eine Niedrigkeit, an welche ich nicht gewöhnt bin. Weder mein Vater ließ sich so herab, noch soll es je mein Sohn thun."

So ruhig die Worte klangen, so schneidend waren sie, denn zuweilen konnte auch Josephine bitter sein. Sie war weder eine dumme, noch eine sehr zahme Frau, und in ihrer Jugend war die „sanfte Antwort," welche oft die beste Waffe der Frau ist, ihr nicht immer eigen. Sie zeigte sich gegen jedes Unrecht eher heftig als mild und geduldig, und ließ ihrer Empörung freien Lauf, wenn es klüger gewesen, ruhig tapfer zu sein. Obgleich ihr Gatte im Ganzen nicht sehr leicht zu verletzen war, zuckte er an diesem Tage, als habe sie ihn mit Nesseln geschlagen. Er wußte ja, welches Idol Josephinen's Vater ihr gewesen war, und wie der alte, würdige Edelmann diese Anbetung verdient hatte. Der arme Edward zitterte selbst vor dem Schatten des todten Vicomte de Bougainville.

„Dein Vater — Dein Sohn. Dein Gatte kann thun, was er will; Du wirst Dich nicht darum kümmern. Er ist natürlich ein ganz untergeordnetes Wesen."

„Edward, still! Das Kind!"

Adrienne schaute mit ängstlichem Gesicht durch die Thür, wie zuweilen, wenn ihre Eltern sehr laut sprachen.

„Das Kind kann Alles hören!" rief der Vicar, froh einer Verlegenheit entgehen zu können.

„Komm her, Adrienne, Deine Mutter und ich sind nicht einig: Ich will Dich morgen zu jenem Feste zum Rector schicken — sie will Dich mit ins Pächterhaus nehmen. Wohin möchtest Du lieber gehen?"

Das verlegene Kind sah beide Eltern fragend an.

„Ich denke Papa, Du magst Herrn Oldham gar nicht leiden, Du findest doch immer etwas an ihm auszusetzen und lachst über ihn."

„Welch ein kluges, witziges Kind!" erwiderte Herr Scanlan sehr belustigt. „Höre Adrienne, danach mußt Du nicht fragen, ob ich Herrn Oldham leiden kann oder nicht. Ich wünsche, daß Du jedes Mal hingehst, wenn er Dich auffordert, und ihn stets besonders achtungsvoll und aufmerksam behandelst, denn er kann mir und meiner Familie sehr nützlich sein."

„Ja, Papa," entgegnete die unschuldige Adrienne, wobei sie jedoch einen verstohlenen Blick, der nach Bei= stimmung suchte, auf ihre Mutter richtete.

Josephine trat hervor, blaß und fest, doch mit einem stolzen Leuchten in den Augen.

„Ja, meine Tochter, auch ich wünsche, daß Du gegen Herrn Oldham sehr zuvorkommend bist, weil er ein guter würdiger Mann ist, der uns mit Wohlthaten überhäuft hat, und wenn wir auch ferner keine Gunst mehr von ihm erbitten wollen, so können wir ihm gar nicht dank= bar genug sein für Alles, was er uns schon erwiesen hat. Und da Papa es so besonders wünscht, so wollen wir

die Einladung beim Pachter aufgeben und in das Pfarr=
haus gehen."

„Vielen Dank, Liebe, Du bist sehr gütig," sagte Ed=
ward Scanlan, ganz zufrieden und besänftigt, und ehe
er das Zimmer verließ, kam er zu ihr sie zu küssen.
Schweigend nahm sie den Kuß, wortlos ließ sie ihn
gehen.

Dann nahm sie ihren Hut wieder ab und indem
sie mechanisch die Bänder aufrollte, eine Gewohnheit,
die sie hatte um das Band zu conserviren, legte sie die
Sachen mit zerstreutem Wesen in den Schrank, ohne
zu bemerken, wie ihrer Tochter Augen ihr folgten; doch
sprach sie nicht, denn Adrienne war ein ungewöhnlich
ruhiges, stilles Kind. Erst als die Mutter sich nieder=
gesetzt und ihre Hand über die heißen, trockenen Augen
gelegt, fühlte sie die weichen, kühlen Arme ihres Töch=
terchens sich sanft um ihren Hals schlingen.

„Maman, Maman!" die französische Aussprache des
theuren Namens, mit dem echten Accent, eine Anrede,
welche die Kinder immer brauchten, wenn sie die Mutter
liebkosen wollten.

Josephine wandte sich um und barg ihr Haupt an
des Kindes Brust, auf dem blauen Kleidchen Spuren
ihrer Thränen lassend.

Natürlich sprach sie nicht zu Adrienne, und sie ver=
mied es auch von da an Cäsars Schulbesuch zu erwäh=
nen. Aber während der stillen zehn Minuten in ihrem
Schlafzimmer kam sie zu dem Entschluß, daß ihr Sohn
in die Schule kommen müsse und wie es geschehen
solle.

Von dem Tage an gab sie jeden Gedanken auf
Herrn Oldham um die Erlaubniß zu bitten, ihrem
Manne das Geheimniß zu vertrauen. Nein, der Rector
war richtig in seinem Urtheile gewesen, nur bei ihr war
das Geheimniß wohl bewahrt. Sie verschloß es fester
als je in ihrer Brust, und kehrte zu der Einsamkeit
ihres Geistes zurück, der schlimmsten Einsamkeit, die
nicht nach außen sichtbar wird.

Siebentes Kapitel.

Herr Scanlan reiste nach London; wie dies eigent=
lich möglich war, ist nicht ganz klar, doch glaube ich,
daß eine schöne Brillant=Broche seiner Frau, welche eines
reichen Nachbars Tochter zu ihrer Hochzeit vor der Ab=
reise nach Indien kaufte, die Mittel dazu lieferte. Jeden=
falls war Josephinens Börse plötzlich voll, aber ihr
Schmuckkästchen leerer, und ihr Mann unternahm die
Reise nach London, nach der er sich rastlos gesehnt, seit
der junge Maler alle Sommer in Ditschley zubrachte
und ihm von den Freuden und Genüssen der Haupt=
stadt erzählte.

Ich will diesen Herrn Summerhayes nicht mit
schwarzen Farben anstreichen und mit Hörnern und
einem Schwanze darstellen; ich glaube, daß die Person,
welcher man diese Attribute zulegt, kaum so schwarz ist,
als man sie immer malt, dennoch kann ich nicht den
Dichtern und Schriftstellern beistimmen, die einen Spa=
ten nicht einen Spaten nennen wollen, die uns für
einen Mörder Interesse einflößen, uns Vielweiberei ent=
schuldigen und Schwindelei amüsant finden lassen, vor=
ausgesetzt, daß Alles recht romantisch und malerisch dar=
gestellt wird. Für mich existirt kein so großer Unter=

schieb zwischen dem gewöhnlichen Manne, der ein Stück
Fleisch oder ein Brot stiehlt, und dem seinen „Herrn"
— ich will das Wort Gentleman nicht profaniren —
der sehr gut dinirt, doch niemals daran denkt, seine
Rechnungen zu bezahlen; der, so gering auch sein Ein=
kommen sein mag, immer ganz behaglich lebt von dem
Gelde, welches er Freunden und Bekannten abborgt mit
dem Versprechen einer schnellen Wiederbezahlung. Aber
es wird nie zurückgegeben, ja es war nie die Absicht
dazu vorhanden; und der Mann, der so handelt, mag
er noch so angenehm und liebenswürdig sein, ist nicht
mehr als ein Lügner und Betrüger und müßte als sol=
cher von der Gesellschaft verachtet werden. Ehe aber
die Menschen nicht den Muth haben, das zu thun, dem
Vogel die erborgten bunten Federn abzustreifen und ihn
in seiner nackten, wahren Gestalt zu zeigen, ehe wird
auch die Welt dieser Betrüger und all des Bösen, das
sie verschulden, nicht los werden. Sie freilich werden
nicht damit heimgesucht, sie leiden niemals, oft leben sie
in Herrlichkeit und Freude bis ans Ende dahin, aber
andere Unglückliche, die ihnen angehören, sie wohl lieb
haben, leiden darunter, gehen oft zu Grunde dabei.

Herr Summerhayes, der Maler, war einer jener
soeben beschriebenen Menschen, und er wurde der böse
Genius für Edward Scanlans Leben.

Obgleich an Jahren jünger als der Vicar, war er
in manchen Dingen durch seine große Welterfahrung
doch viel älter als jener. Ihre Neigungen, ihr Geschmack
sympathisirten mit einander und jeder fand den Andern
einen sehr angenehmen, unterhaltenden Gesellschafter,

wenn der Maler alle Sommer mit seinem Skizzenbuch
sich in der reizenden Umgegend von Ditschley niederließ.
Trotz mancher Uebereinstimmung waren sie wieder die
größten Gegensätze: der Vicar war schwach und wankel=
müthig, der Maler entschieden und kaltblütig; der Ir=
länder besaß eine Art von Herz und den Schimmer
eines Gewissens, dem Engländer fehlte Beides ganz.
In manchen Punkten trafen sie wieder zusammen, und
da Beiden der Zweck des Lebens der schien, sich zu
amüsiren, so kamen sie vortrefflich mit einander aus, ja
Edward Scanlan hatte in seiner Weise sogar „seinen
Freund Summerhayes“ recht lieb.

Auch Cäsar hing eine Zeit lang mit großer Zunei=
gung an dem Maler, besonders aber Adrienne; sie zollte
ihm jene hohe Bewunderung, welche ein phantasiereiches
Kind oft für einen klugen und schönen jungen Mann
faßt. Es machte dies die Mutter ordentlich traurig,
und sie bemühte sich, sobald es unbemerkt geschehen
konnte, den immerwährenden Freundlichkeiten Einhalt zu
thun, mit denen der junge Künstler seine kleine Sclavin
verzog, die ihm, wohin er ging, mit treuen, liebevollen
Augen folgte.

Als es ihm in diesem Sommer gelang, den Vicar
nach London zu entführen, da beneideten die beiden
Kinder Papa, weniger um die Freuden der Hauptstadt
als um das Vergnügen der steten Gesellschaft des Herrn
Summerhayes.

Diese aber konnte Edward Scanlan nicht immer
genießen, er selbst mußte seinen Freund und den Kreis
von Künstlern, zu dem er gehörte, und den der Vicar

troß ihres unreligiösen luftigen Treibens sehr gern
mochte, fallen lassen, damit er seine früheren Be=
kannten, welche zu den Maiversammlungen nach Exeter
Hall gekommen waren, wieder aufsuchen konnte. Sie
gehörten den aristokratischen und geistlichen Ständen an,
welche verächtlich herabblicken auf Maler, Dichter und
dergleichen Menschen, als solche, die der Welt, der sinn=
lichen Luft und dem Teufel sich ergeben und nebenbei
nicht ganz „respectable" waren. Edward Scanlan mußte
zwischen Beiden wählen, und er that es — wenigstens
äußerlich; troßdem gelang es ihm, zweien Herren zu
dienen, und zwar in einer Weise, die des Malers höchste
Beluſtigung und offen bekundete Bewunderung her=
vorrief.

Oft, nachdem Edward Scanlan die halbe Nacht an
Orten gewesen, von welchen man in Exeter Hall wohl
niemals etwas gehört hatte, und von denen der unschul=
dige Vicar von Ditschley ebenso wenig etwas Näheres
kannte, als ein Lamm seiner Heerde — aber Summer=
hayes forderte ihn auf, dahin mitzukommen und er
ging — oft nach diesen dort verlebten Abenden erschien
er zu „religiösen Frühstücken", die von evangelischen Gra=
fen und frommen Herzoginnen gegeben wurden, und
dann hielt er stundenlange Reden, entzückt, seine frühere
Popularität wieder erstehen zu sehen. Dennoch erlangte
er diese nicht sogleich wieder. Anfangs fand er das
Gedächtniß selbst seiner besten Freunde nach siebenjäh=
riger Abwesenheit etwas schwach geworden, viele erzeig=
ten sich ihm aber gleich sehr freundlich. Die große
Aufrichtigkeit und Herzenseinfalt, die damals, wie auch

noch jetzt oft unter der „evangelischen" Partei gefunden
wird, so daß sie sich rückhaltslos mit Armen und Rei=
chen, Vornehmen und Geringen vereinigt, mit Jedem,
der nur wie sie das für das „Evangelium" hielt, was
ihnen als solches hochstand und an das sie glaubten —
diese Schlichtheit der Gesinnung kam Edward Scan=
lan sehr zu Statten.

Nachdem es ihm gelungen, in einer pomphaften
Rede die Bilder anzubringen von dem Thiere mit den
sieben Köpfen und zehn Hörnern, der Frau in Scharlach
und anderen Allegoricen, durch welche in jener Zeit der
katholischen Emancipations=Kämpfe die Orangisten die
römische Kirche bezeichneten, seit dieser Predigt kamen
viele seiner alten Bewunderer zu dem einst so popu=
lären Redner zurück. Aber er war jetzt in London,
nicht in Dublin, er hatte mit ruhigen, kalten Englän=
dern statt mit heißblütigen Irländern zu thun. Ob=
gleich seine früheren Freunde ihn nicht vergessen hatten
und froh waren, ihn wieder zu sehen, so war er doch
nicht mehr „die Schwärmerei des Tages." Seine Blüthe=
zeit neigte sich schon.

Er ließ sein Haupt sinken „wie eine hinwelkende
Lilie" vor diesen mächtigen Rednern, welche nun die
Tribüne bestiegen und die brennenden Fragen des Tages
besprachen mit einer Energie und Macht, die alle Hörer
hinriß, denn sie besaßen Eigenschaften, welche dem
brillanten Irländer etwas fehlten — Ernst und Tiefe.

Von allen Orten ist vielleicht gerade London der,
an welchem die Menschen ihr richtiges Maß erhalten,
wo nur unter besonderen Umständen und nicht für

lange, Rauschgold für echtes Gold genommen wird. Die
Kirche von England fing an, jenes Stadium zu ver=
lassen, dessen sich die gegenwärtige Generation vielleicht
noch erinnert; die matten, schläfrigen Predigten des vori=
gen Jahrhunderts wurden in natürlicher Reaction durch
die „blumenreichen" Reden ersetzt, die jetzt auch schon
wieder verschwinden. Englische und irische Prediger,
deren Namen damals sehr beliebt waren, fingen doch
an, von ihrem Zauber und ihrer Macht einzubüßen.
Nur „Worte, Worte, Worte", so geschickt gesetzt und so
beredt gesprochen sie auch waren, thaten es nicht mehr.
Etwas Realeres, Faßbareres wurde von den nach Wahr=
heit Hungernden ersehnt, die genug Geist hatten, zu
verstehen, genug Herz, zu lieben; neben der gewöhnlichen
Anzahl solcher, deren „Seelen zu retten" waren.

Für ein so dringendes Bedürfniß nach wahrer
Himmelsspeise war die Kost, welche Edward Scanlan
und ähnliche Prediger reichten, nur mager. Lebhafte,
glühende Bilder von Tod und Grab, mit einer so
grauenerregenden Aehnlichkeit und Treue gemalt, daß es
nicht selten geschah, daß arme Frauen in Trauerkleidern
ohnmächtig in die Sakristei getragen wurden; — glühende
Beschreibungen vom Himmel und entsetzliche von der
Hölle, so genau und bis ins Detail ausgeführt, als ob
der geehrte Redner kürzlich beide Regionen besucht und
nur zurückgekommen war, von ihnen aus persönlicher
Bekanntschaft und Beobachtung zu sprechen —. solche
Predigten waren doch nicht ganz geeignet, die Kirchen=
gänger der Metropolis zu befriedigen, selbst nicht im
Monat Mai und in all der Hitze und dem Eifer, die

in Exeter Hall herrschten. Nein, sogar die noch schöne
Erscheinung und irische Lebhaftigkeit der Rede des
Vicars von Ditschley wollte dazu nicht ausreichen.

Viele der Zuhörer fragten, wer Herr Scanlan sei,
und bedauerten, besonders ihm ins Gesicht, daß er in
ein so fernes Kirchspiel versetzt sei, wo man ihn wohl
nicht genug zu würdigen wisse, doch Niemand bot ihm
eine Predigerstelle, ja nur ein Vicariat in der Haupt=
stadt an; und so sah er denn bald ein, daß alle die
Vorspiegelungen und Hoffnungen, welche der junge
Maler ihm über die Sache gemacht, nichts als eitles,
unüberlegtes Geschwätz gewesen waren. Er hatte den
Vicar mit jener sorglosen Gutmüthigkeit, die sie Beide
besaßen, bestimmt, nach London zu kommen, nun er
aber dort war, fand er seinen Gast eher eine Plage
und machte sich von ihm, so oft es ging, los. Unge=
achtet er sich in diesen beiden befreundeten Kreisen bewegte,
dem künstlerischen und religiösen, geschah es doch zu=
weilen, daß der arme Vicar keine Zufluchtsstätte hatte
und mehr als einen einsamen Abend in dem Gewühle
der großen Stadt in trauriger Verlassenheit zubrachte;
dann schrieb er ganz klägliche Briefe an seine Frau, in
denen er ihr sagte, wie sehr er sie vermisse und wie
glücklich er sein würde, zu ihr zurückzukehren. Diese
Briefe erfüllten ihr Herz mit Freude und Wonne.

Als er heimkam etwas niedergeschlagen, und in den
ersten Tagen nicht viel von seiner Reise sprach, empfing
Josephine ihn herzlich, ja zärtlich.

Es war eines der traurigen Dinge in ihrem Leben,
daß ihres Mannes Niederlagen ihr oft eine Quelle der

Dankbarkeit wurden. Nicht daß sie seine getäuschten Hoffnungen nicht schmerzlich fühlte, aber sie war doch froh, daß er seinen Irrthum einsah. Ihr Gewissen wurde nie durch ihre Neigungen bethört. Sie würde ebenso gut eines ihrer Kinder über dünnes, unsicheres Eis geführt haben, als daß sie ihrem Gatten zur Er= reichung einer Sache beigestanden, die ihm Schaden gebracht.

Trotzdem war Josephine jetzt recht betrübt, als ihr Edward so wenig befriedigt von seiner Reise zurückkam, ermüdet und gereizt von den Aufregungen Londons, die einen so auffallenden Gegensatz zu dem stillen Landleben bilden, und auch gerade nicht erfreut über gewisse Aus= gaben und Verschwendungen, die er nicht die Kraft ge= habt, von sich zu weisen. Statt ärgerlich zu sein oder Vorwürfe laut werden zu lassen, that sie ihr Bestes, ihm die Heimath hübsch und behaglich zu machen und ihm, so weit es ihr möglich war, kleine Lieblingsgenüsse zu verschaffen. Freundlich hörte sie seinen steten selbst= süchtigen Erzählungen zu von der großen Sensation, die er in London gemacht; geduldig nahm sie eine Masse unnützer Geschenke hin, zu deren Ankauf, wie sie nachher erfuhr, er sich das Geld von Herrn Summer= hayes geborgt hatte, so daß der Aufenthalt in London mit diesen unüberlegten Ausgaben höher kam, als daß der Erlös der Perlen=Broche ihn zu decken vermochte. Und Cäsar war schon zur Schule abgegangen, wohin ihm Louis nachgeschickt worden war, weil die Brüder durch die Trennung zu unglücklich wurden. Sie mußten dort bleiben, dort erhalten werden, koste es, was es wolle.

Wie manche Nacht lag die Mutter wach, Pläne und Auswege ersinnend, die sie, weil es ja doch nutzlos war, ihrem Edward nicht mittheilte. Sie war in der letzten Zeit dahin gekommen, gar nicht mehr über manche Dinge zu sprechen, sie fand es zwecklos, es reizte sie nur und verwirrte ihren Begriff von Recht und Unrecht. Gewöhnlich überlegte sie Alles genau und erwähnte nichts eher, bis die Sache in ihr zur vollen Klarheit und Reife gediehen. Seit jenem Tage, als ihr Mann ihr voller Ironie sagte, sie solle sich um die Stelle eines Buchhalters bewerben, worauf sie so bitter erwidert: „ich wollte, ich könnte es," war ein Gedanke in ihr aufgestiegen, der sich nicht bannen ließ und sich endlich zu einem bestimmten Vorsatze ausbildete: der, selbst Geld zu verdienen. Denn bei den stets wachsenden Ausgaben mußte ein größeres Einkommen erzielt werden.

Der vorigen Generation war die Idee, daß Frauen für das tägliche Brot arbeiten sollten, neu und sogar zurückstoßend. Erstens war es viel weniger nothwendig als jetzt, da das menschliche Leben bei Weitem einfacher war. Die Frauen arbeiteten auch im Hause, doch nicht außerhalb desselben, man kleidete sich einfacher; von solchem Luxus, wie jetzt auf jedem Gebiete, war keine Rede, und die Aufgabe von Gattinnen und Töchtern war die, dem Hausvater seine Bürde dadurch zu erleichtern, daß sie gut verwandten, was er verdiente, und mehr erhielten als erwarben. Es wurden natürlich mehr Ehen geschlossen, als jetzt, denn die Männer fürchteten sich nicht zu heirathen. Junge Leute wählten ihre

Frauen als Gehülfinnen im Hausstande, anstatt wie
jetzt zum kostbaren Zierrath, zu einem theuren Luxus=
artikel, dessen Anschaffung so spät als möglich geschieht.
In Folge dessen gab es früher weniger in der Welt
umhertreibende Familien, weniger hülflose Mütter und
müßige, arme Schwestern, die den Verwandten zur Last
fallen, und nur gerechter Weise von denen, die selbst
einen Hausstand zu erhalten haben, als eine schwere
Bürde betrachtet werden.

Andererseits war aber das Empfinden an sich: daß
es für eine Frau nicht passend und anständig sei zu
arbeiten, aus ritterlicher Zärtlichkeit entstanden, obgleich
in zu große Peinlichkeit ausgeartet, in jenen Tagen
mehr verbreitet als jetzt.

Der leidenschaftliche Ausruf der armen Josephine:
„ich wünschte, ich könnte Geld verdienen", war ein rei=
ner Schmerzensschrei gewesen, der damals durchaus
keine Möglichkeit auf Erfüllung sah. Nach und nach
aber ging dieser nebelhafte, unbestimmte Wunsch in eine
feste Absicht, einen entschiedenen Plan über.

Josephine sah immer deutlicher ein, daß während
der Jahre, welche vielleicht noch verstreichen konnten,
bis das Vermögen kam — sie wagte gar nicht, in jene
Zeit zu blicken, es war ihr, als wünsche sie Herrn Old=
ham's Tod herbei — die immer zunehmenden Ausgaben
der Familie nur dadurch bestritten werden könnten, daß
auch sie neben ihrem Gatten Geld zu verdienen suche.
Anfangs traf sie diese Ueberzeugung, diese Nothwendig=
keit wie ein harter Schlag; sie stand in einem so gro=

ßen Gegensatze zu den Vorurtheilen, in denen sie er=
zogen war, und der Gedanke erfüllte sie mit Schmerz.

Was würde ihr Vater gesagt haben? Er, der stolze,
alte Edelmann, der seinen Abel nicht dadurch befleckt glaubte,
daß er Sprach= ja Tanzlehrer wurde, irgend etwas ergriff,
wodurch er einen ehrlichen und anständigen Lebensunterhalt
gewann, den keine Arbeit zu viel und zu schwer gedünkt
haben würde, der aber niemals seiner Tochter gestattet hätte,
für Geld zu arbeiten. Trotz ihrer Armuth war Josephine
bis zu ihrer Heirath das zärtlich behütete und sicher ge=
schützte Fräulein de Bougainville gewesen. Aber freilich Frau
Scanlan war schon lange eine Andere geworden, sie be=
schützte und umsorgte Niemand. Wenn sie zuweilen an
ihr früheres Selbst und ihre damalige Stellung dachte,
hätte sie lachen und dann wieder weinen können.

Ihr Vater war ja sowohl über diesen Punkt wie
über manches Andere in glücklicher Unwissenheit gestor=
ben, und sie war frei. Sie mußte arbeiten — sie
wollte es.

Wie aber konnte es geschehen? Darin lag die
Schwierigkeit, die damals größer war als jetzt. In der
verflossenen Generation war es noch der einzige Aus=
weg für eine Dame, um Geld zu verdienen, Kinder zu
unterrichten. Daran dachte also Frau Scanlan zuerst,
aber dies Unternehmen hatte auch seine Schwierigkeiten.
Erstens besaß sie selbst nicht weit umfassende Kennt=
nisse, und da sie mit sechszehn Jahren heirathete, würde
das, was sie gelernt, wohl ihrem Gedächtniß entschlüpft
sein, wenn sie nicht genöthigt worden wäre, ihre Kinder
zu unterrichten. Sie lernte, um zu lehren; oft war sie

der kleinen Schaar nicht allzu weit voran, die aber glücklicher Weise den festen Glauben hatte: „Mama wisse Alles," und ihr so Schritt für Schritt folgte, besonders die Mädchen. Und selbst die Kenntnisse der Knaben waren bei der Prüfung in der Schule nicht so gering gefunden; zeigten sich auch manche Lücken, so war das von ihnen Erlernte dafür desto gründlicher. So sagten die Lehrer, und der Ausspruch erfreute die Mutter und gab ihr den Muth zu dem Gedanken, mit Adrienne, Gabriele und Martin noch andere Kinder gleichen Alters zu unterrichten, natürlich nur kleine Kinder, denn sie wollte und durfte den Eltern nicht verschweigen, daß sie keine Lehrerin von Fach sei, und nur das lehren könne, worin sie ihre Töchter und Söhne unterwies.

In ihrer stillen Art fand sie bald heraus, wer von der heranwachsenden Generation in Ditschley wohl zu ihr kommen würde, um in ihrem Wohnzimmer oder auch in einem anderen Hause täglich in einem kleinen Kreise Stunden zu empfangen; und nachdem sie Alles wohl erwogen und einen festen Plan gefaßt, ging sie daran, diesen ihrem Manne mitzutheilen.

Zu ihrem höchsten Erstaunen stieß sie auf heftigen Widerspruch.

„Eine Schule errichten — meine Gattin fremde Kinder lehren!"

Edward Scanlan war empört.

„Weshalb sollte ich nicht Unterricht ertheilen können? Bin ich nicht klug genug dazu?" fragte sie lächelnd. „Ich habe meine Knaben doch manches Nützliche gelehrt, und da sie fort sind, habe ich mehr Zeit, die ich auf diese Weise anwenden will. Nebenbei ist es gut, daß ich Geld dadurch gewinne."

„Du wirst, was den Geldpunkt anbetrifft, noch nächstens den Verstand verlieren!" rief der Vicar gereizt. „Wenn wir in Verlegenheit sind, weshalb gehst Du nicht zu Herrn Oldham und bittest um ein höheres Gehalt, wie ich Dir schon so oft vorgeschlagen?"

Ja, das hatte er oft gethan, und nachgerade war Josephine dahin gekommen, nicht mehr erzürnt oder beschämt dadurch zu sein. Aber der Vorschlag war nie ausgeführt worden, denn sie hatte sich mit einem Widerstande, ruhig und fest wie ein Fels, dagegen gestemmt.

Indem sie die letzte Aeußerung ihres Gatten gar nicht beachtete — wo war der Nutzen, nur immer Worte zu verschwenden? — fing sie an, mit ihm ruhig darüber zu sprechen, weshalb er so gegen die Schule sei.

„Worin liegt etwas Schlimmes — weshalb kann ich nicht helfen für meine Familie Brot zu verdienen. Du arbeitest fleißig, Edward! („Das thu ich!" rief er eifrig.) Warum kann ich nicht auch arbeiten? Es würde mich glücklicher machen und es liegt keine Schande darin."

„O, doch. Welche Dame arbeitet jemals für Geld? Die Frauen von Krämern mögen ihren Männern im Geschäft helfen, aber in unserer Lebensstellung darf nur der Mann erwerben, die Frau sitzt still zu Hause und genießt die Früchte seines Wirkens ruhig und freudig, wie Du es thust."

„Thu' ich das?" sagte Josephine mit einem eigenthümlichen Lächeln. Dennoch versuchte sie nicht, dieses

Phantasie=Gemälde ins rechte Licht zu setzen. Ihr Gatte
würde es doch nie verstanden haben. „Ich wünsche aber
nicht ruhig und sorglos still zu sitzen, ich möchte Dir
und den Kindern helfen, und ich sehe keinen triftigen
Grund, der dagegen spricht."

„Nein Du nicht, Du hast immer so seltsame Ideen.
Wäre ich ein Handwerker, könntest Du sie ausführen,
da möchtest Du meinethalben hinter dem Ladentisch
stehen und ein Pfund Thee oder eine Elle Band ver=
kaufen und jeden Heller zählen, berechnen und zurück=
legen — was so gerade Deine Wonne und Dein Ele=
ment sein würde. Aber meine Gattin, die Frau eines
Geistlichen, darf sich nicht so erniedrigen."

„Edward, welcher Unsinn! Manche Predigerfrau ist
Schullehrerin geworden."

„Als meine Wittwe magst Du es thun, als mein
Weib niemals! Ich könnte es nicht ertragen. Wenn
ich heimkäme, Dich inmitten solcher Schaar schrecklicher
kleiner Bälge zu finden, die Dir niemals eine freie
Minute für mich ließen, es würde nicht auszuhalten
sein. Und was würde Ditschley sagen?"

„Das weiß ich nicht und verzeih' mir, Edward —
es ist mir ganz gleichgültig."

„So dürfte es nicht sein. Es ist höchst wichtig, daß
ich meine Stellung mir wahre, und daß Ditschley nicht
zu genau meine Lage erfährt. Erst neulich, als man
davon sprach, daß wir mit unseren Mitteln bei der gro=
ßen Familie doch recht gut auskämen, hörte ich die Be=
merkung: Natürlich muß Herr Scanlan nebenbei ein
Vermögen haben."

„Und Du ließeſt das hingehen? Du erlaubteſt un=
ſeren Nachbarn, es zu glauben?"

„Weshalb nicht? Sie denken darum nur beſſer von
mir. Aber ich fürchte, es gelingt mir doch nie, Dir die
Nothwendigkeit klar zu machen, den Schein zu wahren."

„Das fürchte ich auch," erwiderte Joſephine lang=
ſam. „Vielleicht iſt es beſſer, wir gehen von dem Thema
ab. Noch einmal frage ich Dich, Edward, willſt Du
mir Deine Zuſtimmung zu meinem Plane geben? Ohne
ſie kann ich ihn nicht ausführen. Er iſt ſo einfach, ſo
ganz harmlos, nur auf das Wohl der Familie berechnet."

In ihrer Verzweiflung that Joſephine, was ſie lange
ſchon aufgegeben, ſie begann mit ihrem Manne zu argu=
mentiren, ihn ſelbſt um ſeine Einwilligung anzuflehen.
Aber zum hundertſten Male in ihrer Ehe ſah ſie ſich
in ihm getäuſcht. Sie hatte nicht auf die unendliche
Hartnäckigkeit gerechnet, welche ſo oft neben der größ=
ten Schwäche beſteht. Ein ſtarker Charakter kann ſeine
Meinung ändern, wenn er die Richtigkeit anderer An=
ſichten eingeſehen, aber ein ſchwacher hat ſtets Angſt
nachzugeben. „Ich habe es einmal geſagt und es bleibt
dabei," das iſt ſeine Vertheidigung, hinter dieſer Schanze
verbirgt er ſich gegen alle Angriffe; wenn nicht ſein
Gegner klug genug iſt, um ihn am Gängelbande ſeiner
eigenen Eitelkeit und Selbſtſucht daraus hervorzuführen.
Aber ſolches Thun verwarf Joſephine, jede brave Frau
würde es gethan haben.

Frau Scanlan fand ihren Gatten in ſeiner milden,
gutmüthigen Art doch ganz unbeugſam. Er hatte es ſich
in den Kopf geſetzt, daß es nicht „gentil" ſei für eine

Dame, besonders für eine verheirathete, zu arbeiten, und so durfte es sein Weib nimmer thun, komme was da wolle.

„Also durchaus nicht, nicht im Oeffentlichen, nicht im Stillen darf ich arbeiten?" sagte sie mit einem leich= ten Anflug von Satyre. „Und werde ich zu diesem reizenden Nichtsthun zu meinem oder Deinem Besten verwiesen?"

„Um unserer Beider willen; glaube mir, ich habe Recht. Denke, wie seltsam würde es aussehen, wenn Frau Scanlan eine Schule errichtete. Ja, wenn Du einen Weg gefunden, Geld zu verdienen, ohne daß unsere Bekannte etwas davon geahnt" —

„So würdest Du nichts dawider gehabt haben?" rief Josephine eifrig.

„Ich glaube es trotzdem, aber nicht so viel, es wäre doch anders gewesen. Jetzt aber habe ich es satt, über die Sache noch ferner zu sprechen. Du mußt einmal nachgeben, Josephine. Ich habe Dir so oft gesagt, der Gatte ist das Haupt der Frau, und wenn ich meine Autorität brauchen will — wir wollen lieber über das Kapitel schweigen. Ueberlaß es mir wie bisher, das Brot zu verdienen; bleibe Du still im Hause, genieße Dein Leben in Ruhe, wie es andere Frauen thun, und sei sehr dankbar, daß Dir Gott einen Mann gegeben, der für Dich schafft und sorgt. Glaube mir, das ist die Verordnung der Schrift, welche die Ehe ein großes Geheimniß nennt."

„Ja wohl," sagte Josephine halblaut, indem sie sich umwandte, mit jenem Blitz in ihren Augen, der da zeigte, sie sei kein zahmes Wesen, das man nach jeder

Richtung leiten konnte, sondern nur ein gebundenes, welches scharf, fast gefährlich für Aller Ruhe, die acht= lose Hand an ihrer Kette reißen fühlte.

Ihr war die Ehe jedenfalls ein Geheimniß. Warum hatte der Himmel ihr einen solchen Gatten gegeben und ihr geboten ihm zu gehorchen, ihm, der zu schwach war, zu regieren; ihn zu ehren, ihn, den, wenn er ein Frem= der gewesen, sie in in mancher Hinsicht geradezu ver= achtet haben würde; ihn zu lieben? — Hier lag der Schwerpunkt ihrer Fesseln.

Einst hatte sie ihn geliebt und in einer gewissen Art liebte sie ihn noch; mit jener wunderbaren, mitleidsvollen Gewohnheit der Liebe, der Neigung, welche bleibt, nach= dem Leidenschaft und Achtung erstorben sind, die man in der zur Bettlerin gemachten Gräfin findet, welche trotzdem nicht das Mittel, welches das Gesetz ihr reicht, ergreifen und sich für immer von dem treulosen, bru= talen, verschwenderischen Gemahl trennen will; und ebenso findet in dem Weibe des Tagelöhners, das blutend und zerschlagen zum Richter geführt wird und doch nicht gegen den rohen Mann, den es Gatte nennt, aussagen will, ja lieber sich anklagt, als ihn ge= straft sieht. Gott weiß, es muß etwas Göttliches in dieſem Empfinden liegen, welches er in die Herzen der Frauen eingesenkt, und das sie erst ganz verstehen, wenn sie verheirathet sind.

Ich meinestheils habe mich oft über Josephine Scan= lan gewundert, ja sie sogar getadelt, daß sie, deren kleiner Finger mehr werth war, als ihres Mannes ganzes Wesen, bis zum Ende seiner und ihrer Tage eine ge=

wiſſe Zärtlichkeit für ihn bewahrte, dem ſie durch das engſte Band verbunden war, das die menſchliche Natur kennt.

Ein Zufall unterbrach die vorhin angeführte Unter=
haltung zwiſchen den Gatten an jenem kritiſchen Punkt; und ehe ſich wieder eine Gelegenheit fand, die Sache von Neuem zu berühren, denn der Vicar umging das Ganze, wo er konnte, hatte Joſephine die gewichtige Frage, wenn auch in anderer Form, in ihrem Innern entſchieden.

Ihrem Manne geradezu entgegen zu handeln war unmöglich, und ebenſo ihm ganz nachzugeben. Dies reizende Bild von häuslichem Glück, mit dem er ſich ſelbſt betrog, würde ſie dahin führen, daß ihre Kinder ohne Brot wären. Ja, der Vater verdiente Geld, aber er gab es auch ebenſo ſchnell aus, in jener leichtſinnigen Weiſe, die ſeine alte Mutter ſo wohl an ihm gekannt. Wo er es eigentlich ließ, wußte Niemand ſo recht, doch ſchien es Keinem zum Nutzen zu gereichen. Die Noth=
wendigkeit, glücklicher Weiſe nicht immer erforderlich, die ich einſt von einem Familienvater ſehr edel darlegen hörte: „daß ein verheiratheter Mann ſich entweder ſeiner Gattin oder ſeinen Kindern opfern müſſe" — ſie zählte nicht unter den Obliegenheiten Sr. Ehrwürden des Vi=
cares Edward Scanlan.

Seine Frau mußte Geld verdienen, das fühlte ſie, aber ſie dachte ihren Mann beim Wort zu nehmen und es in einer ſtillen, verſchwiegenen Weiſe zu thun. Ganz unverhofft bot ſich ihr eine Gelegenheit dazu dar.

Die Frau, welche die Wärterin der unglücklichen
Frau Waters gewesen, hatte, durch den traurigen Aus=
gang bestimmt, der ihrer Obliegenheit ein Ziel setzte,
beschlossen, ihren Beruf als Pflegerin von Geisteskranken
aufzugeben. An Stelle dessen hatte die kluge und ge=
schickte Person ein Geschäft etablirt, in welchem man
fertige Damen= und Kindergarderobe fand, in dem
Spitzen gewaschen und ausgebessert und viele der feinen
Handarbeiten verrichtet wurden, um deren Anfertigung
die reichen Familien der Stadt und Umgegend früher
nach London schicken mußten. Priscilla Nunn, so hieß
die Frau, kam tüchtig vorwärts, unterstützt durch gute
Rathschläge von Josephine, deren echt französischer Ge=
schmack und ihre Geschicklichkeit für feine Handarbeiten
nicht in der Mühsal des Lebens untergegangen waren.
In ihrer jetzigen Noth dachte sie daran, ob sie nicht
ebenso gut das für Geld thun könnte, was sie bis jetzt
zum Vergnügen gethan. Priscilla Nunn brauchte immer
„geschickte Hände", mehr, als sie finden konnte. Weshalb
sollte nicht die Gattin des Vicares „die erste Hand" im
Geschäfte sein und die Arbeit zu Hause thun, so daß
es Niemand erfuhr?

Das war Josephinens Plan und sie nahm all ihren
Muth zusammen, wie einst auf dem Wege zum Rector,
und ging zu Priscilla.

Die Sache war übrigens gar nicht so schlimm. Sie
forderte ja keine Gunst, sie bot tüchtige, geschickte Arbeit
für gute Bezahlung, und sie fühlte sich durchaus nicht
herabgewürdigt, nicht halb so wie damals, als sie in
sechs Läden in der Hochstraße Schulden hatte und zu

Herrn Oldham ging, an jenem Sommertage, der ihr
jetzt eine halbe Lebenszeit fern zu liegen schien.

Priscilla war natürlich erstaunt, als Frau Scanlan
ihr Anliegen dargethan; doch mit jener Schnelligkeit und
Zartheit des Verständnisses, die sich in ihrem melancho=
lischen Pflegeramt ausgebildet, verbarg sie diese Ver=
wunderung der Dame, welche wie ein Ladenmädchen
arbeiten wollte. Sie nahm das Anerbieten sogleich an
und versprach, die Sache nicht bekannt werden zu lassen.

„Sie bewahrten einst mein Geheimniß, Frau Scan=
lan, ich will nun das Ihrige wohl behüten. Nicht ein
Mensch in Ditschley soll es erfahren. Ich werde allen
Damen sagen, ich schickte die Arbeit nach London.“

„Bitte nein! Um meinetwillen dürfen Sie nicht
lügen, das würde mich betrüben. Ich mache mir übri=
gens nichts daraus, wenn man es erführe, nur wegen
meines Mannes ist es mir nicht gleich.“

„Ich verstehe. Nun so werde ich keine Geschichten
erfinden, sondern nur die Sache für mich behalten; ich
bin gewohnt zu schweigen und ich habe auch Niemand,
zu dem ich sprechen könnte. Dank sei Gott dafür, daß
ich keinen Mann habe,“ fügte sie mit einer schlauen
Bitterkeit hinzu, die Frau Scanlan erschreckte und be=
trübte.

So war die Angelegenheit geordnet und die Frau
des Vicares nahm ein ganzes Packet echter Spitzen zum
Ausbessern mit nach Hause; die Arbeit beschäftigte sie
mehrere Wochen, brachte ihr aber auch viel Geld ein.
Es machte ihr oft Spaß, ihrer geschickten Hände Werk
bei ihren Bekannten zu sehen und zu hören, wie es be=

4*

wundert wurde und wie man ihr dankte, daß sie Pris=
cilla Nunn dahin gebracht, sich in Ditschley niederzu=
lassen, wodurch der Damenwelt solcher Vortheil erwuchs.

Ihre treue Bridget und ihre kleine, liebreiche Tochter
entdeckten bald ihr unschuldiges Geheimniß, doch dauerte
es ziemlich lange, bis ihr Mann nur eine Ahnung da=
von bekam. Er war so gewöhnt, sie immer arbeitend
zu finden, daß er nicht weiter danach fragte, was sie
thue. Als er es endlich erfuhr, war er Anfangs etwas
ärgerlich, doch überwand er es bald.

„Das lasse ich mir gefallen, diese Arbeit ist einer
Dame würdig,“ sagte er, das zarte, duftige Gewebe be=
trachtend, bei dem sie Stunden lang eifrig nähend saß.
„Und dadurch bleibst Du mehr zu Hause, was viel pas=
sender ist, als daß Du wie früher immer mit der ganzen
Kinderschaar herumziehst. Du bist sicher, Niemand hat
eine Ahnung, daß Du Geld verdienst?“

„Ganz sicher.“

„Nun, so thue, wie Du willst, meine Liebe. Du
bist eine sehr kluge Frau, die verständigste, die ich je
kennen gelernt und die für mich am meisten passende
Gattin.“

Ob er der für sie am besten passende Mann war,
das fragte er sich nicht. Dies verstand sich nach seiner
Meinung von selbst.

Auch Josephine dachte nicht immer daran, diese Frage
zu erörtern; sie wog das Gleichgewicht der Verhältnisse
nicht stets ab. Sie that ihre Pflicht sowohl gegen ihren
Mann als gegen ihre Kinder, das war ihr genug. Nach

einiger Zeit fand sie, daß ihre Sorge um Verdienst sich
noch verdoppeln müsse, da bald ein siebentes Kind er=
wartet wurde. Sie war jetzt keine ganz junge Frau
mehr und der Angstschrei: „Meine Kraft verläßt mich!"
war oft auf ihren Lippen, doch hörte ihn Niemand, als
höchstens Bridget. Aber wieder ergriff die Mutter die
Angst, sie könne sterben und ihre Kinder würden allein
der Sorge des Vaters überlassen.

Die Ruhelosigkeit, welche seit dem Aufenthalt in
London ihren Mann befallen, die steten Klagen, daß er
für Ditschley nicht passe, nicht genug anerkannt werde,
daß er sein Leben hier vergeude, seine Talente einschlafen
lasse — Alles dies griff Josephine mehr an, als ihre
eigenen Leiden.

Ein Bild, welches der junge Maler, der immer
noch im Sommer nach Ditschley kam und viel in seines
Freundes Hause war, um diese Zeit von ihr machte,
trägt mehr als je jenen sorgenden, nachdenklichen Aus=
druck, der etwas idealifirt ihre Schönheit nur erhöhte,
den aber in Wirklichkeit zu sehen schmerzlich gewesen sein
muß. Josephine entschloß sich zu dem Portrait zu sitzen,
wohl in dem Glauben, es möchte für ihre Kinder die
letzte Erinnerung an sie sein — aber die Vorsehung
hatte es anders beschlossen.

Sie arbeitete emsig und fleißig, sowohl um Geld
zu verdienen, als für die Ankunft dieses jüngsten Kindes,
das wohl willkommen war, doch aber, wie der Vicar
sagte: „etwas ungelegen kam."

Unvermuthet nahte sich ihr die schwere Stunde; sie

legte sich nieder, ungewiß, ob sie wieder aufstehen würde.

Als es geschah, war sie allein. Jene Ecke auf dem Kirchhofe in Ditschley, welche sie ihr Grab nannte — denn zwei ihrer holden Lieblinge lagen dort — war bei Mondschein noch einmal geöffnet worden, um in der der Stille der Nacht, ohne irgend welche Begräbniß= feierlichkeiten einen kleinen Sarg aufzunehmen, wie es bei der Beerdigung nicht getaufter Kinder geschieht, sol= cher Kinder, die nur einen Athemzug in dieser Welt gethan und nach denen Niemand viel fragt, außer ihren Müttern, die an sie denken und über sie trauern, als wären es lebende Kinder gewesen.

Aber diese Mutter, so wunderbar es klingen mag, trauerte nicht. Als Bridget ihr Alles von dem kleinen Wesen erzählte — sie war bei dessen Geburt bewußtlos gewesen, und hatte dann mehrere Tage irre geredet in Folge irgend einer Aufregung, die, wie die treue Die= nerin glaubte, ihr Mann ihr verursacht, der, wenn an= dere vernünftige Männer schweigen, immer auf sie los= redete — sah Josephine Bridget mit einem trüben, ge= dankenvollen Lächeln an.

„Weine nicht, o, weine nicht, es ist besser, wie es ist! Mein armes, kleines Mädchen. Und sie sah mir ähnlich? Hat der Vater sie gesehen?"

„Ich weiß nicht," erwiderte Bridget kurz.

„Laß gut sein, wir wollen nicht trauern. Mein klei= nes Lamm ist dort besser aufgehoben. Es giebt eine Frau weniger zum Leiden in der Welt. Ich bin zu= frieden, daß sie starb."

Als Frau Scanlan wieder ihren gewohnten Platz im Hause einnahm und ihre Pflichten erfüllte, lag eine feierliche Zufriedenheit, ja ein Ausdruck der Dankbarkeit in ihrem Gesicht.

Das kleine, todte Mädchen war ihr letztes Kind gewesen.

Achtes Kapitel.

Während des traurigen häuslichen Zwischenfalls, da Bridget das Regiment in ihrer Hand hatte, entdeckte sie mit der ihr eigenen Schlauheit, welche durch ihre leidenschaftliche Treue für Frau Scanlan noch verschärft wurde, die Ursache der Aufregung, welche die Krankheit ihrer geliebten Herrin zu einem so unglücklichen Ausgange führte. Natürlich war wie immer bei allen üblen Vorkommnissen in der Familie der Maler mit im Spiele, ja der eigentliche Urheber davon.

Josephine war ihm nie hold gesinnt gewesen, und sie trat ihm in ihrer stillen, ruhigen Weise oft entgegen; Bridget aber haßte Herrn Summerhayes von ganzem Herzen. Vielleicht hatte er sich der Dienerin gegenüber mehr in seiner wahren Gestalt gezeigt, denn vor Frau Scanlan war er auf seiner Hut und benahm sich äußerlich höflich und rücksichtsvoll, vielleicht auch hatte es Bridget gekränkt, daß er sich über ihre Häßlichkeit und ihr rauhes Wesen gegen die Kinder lustig gemacht, oder sie konnte es ihm nicht verzeihen, daß er als ihr Rival bei der Liebe der Kleinen aufgetreten, die sie geradezu anbetete — kurz und gut, es herrschte ein steter geheimer Krieg zwischen der treuen Dienerin und dem Freunde

des Hausherrn, den jene ganz einfach für den Feind der
Familie hielt. Wahrscheinlich dachte Josephine im Stillen
dasselbe.

Es mag hier eingeworfen werden, daß eine treue
und liebende Frau keinen anderen Einfluß und am wenig=
sten den eines Mannes über ihren Gatten zu fürchten
hat; keiner kann so stark sein wie der ihrige. Dennoch
hängt dies sehr davon ab, welche Art von Mann der
Gatte sei. Ist er so schwach, daß er gleich einem Wetter=
hahn von jedem Lufthauche bewegt werden kann, so
muß sie wohl darauf achten, woher der Wind bläst.

Der Einfluß, den der Maler über Edward Scanlan
gewann, war der, den ein willenskräftiger böser Mann
immer über einen schwachen liebenswürdigen ausüben
kann, indem er ihm seine schwächsten Seiten ablauscht
und ihn durch seine Neigungen, Thorheiten oder Vor=
urtheile leitet und beherrscht. Hier geschah es so, das
sah selbst die unerfahrene Bridget Halloran. Sie —
die gute unwissende Frau — hatte niemals das wunder=
volle Bild gesehen, auf dem Satan mit dem jungen
Manne um dessen Seele spielt, sonst würde sie ihren
Herrn und seinen Freund in den Spielern erkannt haben,
während sie in dem trauernden Engel, der hinter ihnen
steht, und bis zum letzten Augenblick sich mit dem Bösen
um den Besitz dieses armen Thoren streitet, der kaum
des Kampfes werth ist — eine andere Aehnlichkeit ent=
deckt haben würde, einen guten Engel, wie ihn wenige
Menschen zur Seite haben, sonst könnten ähnliche Kämpfe
nicht so oft mit einer gänzlichen Niederlage endigen.

Der Kampf zwischen den Gatten mußte am Tage

vorher, ehe Josephine krank wurde, hart gewesen sein. Es schien, daß Herr Summerhayes „sich in Geldverlegen= heit befand," um den milden Ausdruck zu brauchen, dessen sich die Gesellschaft in solchen Fällen bedient; in der That aber floh er vor seinen Gläubigern, die endlich in höchster Empörung sich gegen den entzückenden und be= wunderten Herrn erhoben, der während langer Jahre ein so verstecktes Spiel der Verstellung und des Betruges mit ihnen getrieben. Es giebt Menschen, die es eher vergeben, wenn man ihnen Schaden zugefügt, als wenn man sie als Narren behandelt und angeführt hat, und einige dieser Letzteren verfolgten den eleganten Maler, der, nachdem er sie in jeder Weise betrogen, sich dadurch zu retten und von der Verhaftung frei zu machen suchte, daß er seinen Beruf, seine Kunst ein „Handwerk" nannte, um sich mittelst dessen in die Reihe jener Männer zu stellen, welche nur als bankerott erklärt werden können. Er hatte sich einige Tage verborgen gehalten und nun zum Aeußersten getrieben, erbat er einen Versteck im Hause des Vicares.

Dem Ansinnen widersetzte sich Josephine auf das Entschiedenste. Vielleicht hätte sie einem edlen Verfolg= ten Schutz gewährt, selbst gegen das Gesetz; aber ein gemeiner Dieb vermochte nicht ihre Theilnahme in dem Grade zu erwecken. Sie hörte nicht auf ihres Gatten Vorstellungen, Bitten, ja Drohungen; sie erklärte be= stimmt, der Schwindler dürfe die Schwelle ihres Hauses nicht überschreiten; aber der Widerstand kostete sie bei= nahe das Leben.

Diese Thatsachen entdeckte Bridget in ihrer Schlau=

59

heit und die Folge war, daß, als Herr Summerhayes
eines Tages, im Vertrauen auf die Unbewachtheit der
Festung, erschien, ihm die Thür vor der Nase zugeworfen
und er durch einen Constabler, der ihm verkleidet nach
Ditschley gefolgt war, arretirt wurde. Das Gesetz ver=
urtheilte ihn zum Gefängniß, welches er nach Bridgets
Meinung durchaus verdiente. Wäre er ein Irländer
und ihr Freund gewesen, möchte sie vielleicht anders
über die Sache gedacht und Milde geübt haben; denn
des armen Mädchens Herz war reicher begabt, als ihr
Verstand; aber unter den obwaltenden Umständen fand
der Verfolgte vor ihr keine Gnade, nnr strenge Gerech=
tigkeit.

Bridget frohlockte über ihr Opfer wie Jael über
Sisera mit einem gerechten Triumph, den sie dem ein=
zigen Wesen anvertraute, das ihr für solche Mittheilung
geeignet schien — dem kleinen Fräulein Adrienne. Schwei=
gend hörte diese zu und weinte dann leise; bitterlich
weinte sie, denn das Kind war jetzt ein vierzehnjähriges
Mädchen geworden und der einzige Held ihres Lebens
war dieser junge Mann gewesen, der so schön und so
klug war und zugleich Bewunderung und Verehrung in
ihr erweckte, obgleich er doch viel älter als sie war.
Arme Adrienne, sie vermochte es schon nicht mehr zu
ertragen, daß man ein nachtheiliges Wort über Sum=
merhayes sprach.

Bridget hatte ihn also nicht ins Haus gelassen und
als ihr Herr das erfuhr, war er wüthend. Selbst Frau
Scanlan dachte, die Sache hätte etwas höflicher aus=
geführt werden können, aber sie war im Stillen beinah

froh, daß der Maler der Haft entschlüpfte und außer
Landes ging, von wo aus er ihren Mann nur noch
durch Briefe erreichen konnte. Und als, weil sie darüber
klagte, diese Briefe mit den endlosen Anspielungen auf
Hülfe aufhörten, hoben sich Josephinens Muth und Ver=
trauen bedeutend.

Sie hoffte, daß, sobald dieser böse Einfluß von
ihrem Mann entfernt wäre, sein und ihr Leben heller
und fröhlicher werden würde; denn diese so vielfach ge=
prüfte Frau liebte Frohsinn; sie verweilte nie länger als
nöthig unter dem Schatten der vielen dunklen Wolken
ihres Lebens.

Einen leichten Schatten ließ aber dieses letzte schwere
Ungewitter lange zurück. Herrn Scanlans Abneigung
gegen Bridget nahm täglich zu. Ihre Häßlichkeit und
ihr rauhes Wesen waren ihm immer zuwider, aber seit
er wußte, daß sie ihn durchschaute, und das liebt kein
Mann, am wenigsten von einem Untergebenen, ward sie
ihm noch unerträglicher.

Nebenbei veranlaßte der treuen Dienerin leidenschaft=
liche Liebe zu ihrer Herrin, sie manchen Widerstand zu
deren Gunsten geltend zu machen, bei kleinen und größe=
ren Opfern, welche Josephine durch lange Gewohnheit
kaum mehr fühlte, die eine selbstlose Natur täglich einer
egoistischen bringt und eine Frau gern dem Manne dar=
reicht — ob zu seinem Besten, ist wohl nicht immer
klar. Bridget, die eine erklärte Männerfeindin war,
wollte dies oft nicht dulden.

Ich stelle nicht in Abrede, daß eine Person wie
Bridget trotz aller ihrer Vorzüge oft schwer im Hause

zu leiden war. Für den Vicar war sie ein wahrer
Schrecken; ihr warmes, irisches Herz vermochte ihm
gegenüber nichts über die scharfe Zunge, welche durch
den schlauen Mutterwitz und die gerade Biederkeit, die
jede Täuschung verachtet, noch geschärft ward. Der
Vicar mochte Bridget nicht nur nicht leiden, er fürchtete
sie geradezu und versuchte unter der Hand Alles, um
ihrer los zu werden. Aber jeder derartige Versuch schlug
fehl. Als sie Irland verließen, hatte Bridget erklärt, sie
wolle bei ihrer Gebieterin leben und sterben, und sie
löste ihr Wort.

Ohne je zu schwanken, hielt sie an der Familie fest,
in Trübsal und Entbehrung, blind und taub für alle
Anspielungen und Vorwürfe, gleichgültig gegen die Vor=
stellungen des Hausherrn, daß sie höheres Lohn erzielen
und sich verbessern könne. Sie wollte nicht fort, und
Herrin und Dienerin wußten nur zu wohl, daß sie auch
nicht gehen könne.

Welche neue Magd würde mit Bridgets Lohn zu=
frieden gewesen sein, welche die schmale Kost und alle
Entbehrungen ruhig und freudig ertragen haben, um
dafür alle Kräfte dem schweren Dienste zu weihen, wie
die Irländerin es that? Wer würde, und das war das
Wichtigste, sie Alle so geliebt haben, wie Bridget?

In dieser Geschichte schieße ich manchen scharfen Pfeil
auf die irische Nation ab, und ich bin mir dessen be=
wußt, zugleich aber verkünde ich das Lob der treuen
irischen Dienerin, Bridget Halloran, die ich selbst vor
kurzer Zeit mit Thränen in ihr stilles Grab gebettet
habe, und dabei sage ich, daß sie kein Ausnahmsfall war,

ſondern zu dem oft vorkommenden Typus der Irlän=
derinnen gehörte, zu den Frauen und Mädchen, welche
unter ihrem fröhlichen, lebhaften Weſen Herzen ſo treu
und feſt wie Stahl und ſo friſch und rein wie der
blaue Himmel tragen, der ſich über ihren grünen Wieſen
ausſpannt, fröhliche Herzen dabei, die ſich und Andere
erheitern bis ins Alter hinein. Ich habe manche ſolche
Irländerin gekannt, und ich wünſchte, meine lieben, auf=
richtigen, förmlichen und zarten Engländerinnen und
meine braven, treuen und großherzigen, doch etwas be=
ſchränkten Schottinnen, ich wünſchte, es gebe deren mehr
im Leben.

Bridgets ganzes Verhältniß zu der Familie Scan=
lan, als zu der gehörend ſie ſich betrachtete, war eine
wunderbare Miſchung vom Tragiſchen und Komiſchen,
und es hatte dies ſeinen Höhepunkt erreicht, als ein
Ereigniß eintrat, in Folge deſſen ſie auf ganz gerecht=
fertigte und natürliche Weiſe das Haus verlaſſen konnte.
Der Gärtner des Rectors, ein Wittwer mit zahlreicher
Familie, hatte ſchon lange Bridgets gute Eigenſchaften
bemerkt, und ſie gegen ihre Fehler haltend doch über=
wiegend gefunden; da er nun ſehr taub war und keinen
Sinn für Schönheit beſaß, kam er zu dem Schluß, ſie
würde eine paſſende Frau für ihn ſein. Dem zu Folge
hielt er in aller Form um ſie an und zwar bei dem
Vicar ſelbſt, der mit nicht geringer Befriedigung des
alten Burſchen Werbung auf jede Weiſe unterſtützte.

Aber Bridget ſchlug die Hand ihres alten Freiers
aus, nicht wegen ſeiner vorgerückten Jahre, denn nach
ihrem Ausſpruch waren alte Männer viel beſſer als

junge, und wenn sie eine Dame wäre, würde sie lieber
den alten Rector, als einen seiner jungen Vicare hei=
rathen, sondern, fügte sie ernst hinzu, es sei kein Verlaß
auf irgend einen Mann in der ganzen Welt, und sie
hätte genug vom Eheftande gesehen, um das geringste
Verlangen danach zu tragen.

Diese letzte Bemerkung, welche wohl eines der Kinder
wiederholte, erfreute Herrn Scanlan nicht allzu sehr.

Ich fürchte, man wird finden, daß der Vicar nicht
richtig behandelt wurde, nicht die ihm gebührende Stellung
im Hause einnahm. Darauf kann ich nur erwidern,
man erntet, was man gesäet, und kein Spiel, keine Täu=
schung vermag wahre Würde zu verleihen. Es ist nicht
leicht, als die Gottheit des Hauses ein Idol hinzustellen,
nicht von echtem Gold, sondern von Thon, dessen Ver=
goldung immer mehr abfällt, so daß das rohe Material
darunter hervortritt, selbst für die Augen der Kinder
und der Diener, und daß nichts als eine offenbare Lüge
überhaupt das Familienhaupt als „ein Haupt" aufrecht
erhalten kann.

Wie glücklich müssen jene Familien sein, die wirklich
ein Oberhaupt haben, zu dem sie mit Verehrung und
Liebe aufzublicken vermögen, mit jenem hingebenden Ver=
trauen, das dem Gatten, Vater und Herrn gebührt, wel=
cher alle seine Pflichten gerecht und liebreich erfüllt und
in Wahrheit hier auf Erden Gottes Stellvertreter ist
für die, welche ihn von ganzem Herzen lieben, ehren
und ihm gehorchen.

Weil ich solche Loyalität kenne, so zeichne ich das

Bild von Edward Scanlan eher mit Thränen, als um
ihn lächerlich zu machen.

Er war ein sehr unglücklicher Mann und betrachtete
sich als solcher, aber aus unrichtigen Ursachen. Seine
kluge, liebevolle Frau, seine gesunden Kinder, sein ge-
wisses Einkommen galten ihm nichts, immer strebte er
nach irgend einem anderen unerreichbaren Gut: ein
populärer Prediger, ein berühmter Autor, ein reicher
Mann zu sein. Er beneidete seinen wohlhabenden Nachbarn jeden Luxus und Comfort und würde sich bemüht
haben, in lächerlich kleinlicher Weise ihnen nachzuahmen,
wenn seine Frau sich dem nicht auf das Entschiedenste
widersetzt hätte. Sie versuchte alle ihre Ueberredungs-
kunst, ihn zu bestimmen, einfach und bescheiden zu leben,
sich auf die Würde eines rechten Geistlichen und Boten
Gottes stützend, der es nicht nöthig hat, irgend einem
Menschen den Hof zu machen, dessen Gegenwart vielmehr
schon für Jeden eine Freude und Ehre sein muß, und
der selbst die beste Gesellschaft empfangen kann, ohne
von seinem einfachen, gewohnten Leben im Hause ab-
zugehen.

Daß ein armer, unbegüteter Mann seine reichen
Freunde einladen und ihnen solche Diners geben sollte,
wie sie in ihrem glänzenden Hausstande herrichten ließen,
schien Josephine unstatthaft und widerstrebte ihrem
„blauen Blute."

Als Lady Emma Lascelles wieder ein Mal beim
Rector zum Besuche war und in gewohnter Weise zu
Josephine kam, gerade zur Theestunde, wurde sie herzlich
willkommen geheißen und was der Haushalt Bestes an

Früchten und Speisen barg, ihr dargereicht, doch nichts
mehr gethan, zum Aerger des Vicares, der eine glän=
zende Gesellschaft veranstalten wollte, wenn auch in
Folge dessen die Familie wochenlang hätte hungern
müssen.

Solche kleine Meinungsverschiedenheiten, die nicht
ausbleiben können, wenn die Gatten Recht und Unrecht
von ganz entgegengesetzten Seiten betrachten, machten
das Leben im Hause nicht immer angenehm. Wie ist
es möglich, daß Zwei mit gleichem Schritt vorwärts
gehen, wenn sie nicht übereinstimmen, und besonders,
wenn Kinder da sind, deren Augen täglich klarer, deren
Verstand immer heller wurden? Ach, sehr oft, wenn
die Angst und Sorge der Gattin schwieg, erwachte die
der Mutter. Manchmal würde Josephine, wenn sie
allein in der Welt dagestanden, matt und müde vom
steten Kämpfen, die Waffen gestreckt haben; gleichgültig
nicht nur gegen Klugheit und Leichtsinn, nein selbst
gegen Recht und Unrecht. Jetzt wagte sie es nicht zu
thun, um ihrer Kinder willen. Sie zu erziehen, einfach
und ehrenhaft, in der Furcht Gottes und gänzlicher
Furchtlosigkeit vor den Menschen, das war ihr eines,
großes Streben und Ziel; und deshalb nahm sie immer
wieder ihre Rüstung zur Hand, die traurigen häuslichen
Gefechte, diesen Guerilla=Krieg durchzukämpfen, und
zwar nicht in offenem Felde, sondern im Versteck; zwi=
schen vielen Hindernissen sich den Weg zollbreit errin=
gend. Wie schon einmal bemerkt, war Edward Scanlan
feige und seine Frau muthig. In den meisten Strei=

tigkeiten zwischen ihnen verließ er plötzlich das Feld,
während seine Siegerin traurig zurückblieb und mit trü=
bem Blick, mehr gedemüthigt als stolz, das verlassene
Schlachtfeld betrachtete.

Dies that sie an dem Tage, nachdem Bridget ihrem
Bewerber den letzten Abschied gegeben und bestimmt er=
klärt hatte, sich nicht „aus dem Hause werfen zu lassen,"
sondern für Lebenszeit dort zu bleiben, was Frau Scan=
lan auch für das Beste hielt. Der Vicar mußte des=
halb nachgeben, aber der häusliche Himmel zeigte an
mehreren Tagen keine Sonne; der Gebieterin Antlitz
war trübe und sorgenvoll und der Hausherr gestattete
es sich, über die geringsten Kleinigkeiten ärgerlich zu
sein, und zwar in einer Weise, welche selbst einem zu=
fälltgen Besucher, dem Rector zum Beispiel, nicht ent=
ging.

Nachdem dieser ein paar Nachmittagsstunden in der
Familie zugebracht, sagte er zu seinem Vicar:

„Lieber Scanlan, Sie sind ein guter und ein sehr
amüsanter Mensch, aber Sie hätten immer ein Jung=
geselle bleiben müssen."

„Ich wünschte, ich hätte es gethan, es würde mir
eine Welt von Sorgen erspart haben," erwiderte der
Vicar lachend.

Trotzdem schien er durch diese Bemerkung etwas ge=
kränkt. Er mochte stets als liebevoller Familienvater
erscheinen; es ließ dies einem Prediger besonders gut.
Oft wenn Besuch da war, legte er seinen Arm um die
zarten Schultern seiner Töchter und klopfte die Knaben
freundlich auf den Kopf, Liebkosungen, welche die Kinder

zuerst mit Scheu und Vergnügen, dann mit einem ge=
wissen Zögern und zuletzt mit einem seltsamen Lächeln
empfingen. Die Jugend ist so klug, viel scharffichtiger
als ältere Leute es glauben.

Es ist vergeben mir, zu behaupten, diese Kinder
hätten ihren Vater nicht geliebt; er war oft sehr gütig
gegen sie und sie hingen mit dem Instinct einer lang=
gewohnten Zärtlichkeit an ihm; aber sie achteten ihn
nicht, sie konnten sich nicht auf ihn verlassen. „Papa
sagt so“, „Papa will es thun“ waren Phrasen, die man
oft im Hause hörte, und die da so viel bedeuteten, daß
man wohl über den Ausspruch erst nachdenken müßte
und daß die Sache schwerlich geschehen würde. Die
Mutter konnte nur ihre Ohren dagegen verschließen,
denn sich in nähere Erklärungen darüber einzulassen
oder gar die Kinder über solche Ausdrücke zur Rechen=
schaft zu ziehen, war unmöglich.

So ging die Zeit dahin, und Jahre waren seit dem
Tage verstrichen, als Josephine zum ersten Male von
Herrn Oldham’s guten Absichten in Betreff ihrer ge=
hört, die im Anfange eine so bedeutungsvolle Verände=
rung in ihr Leben zu bringen schienen und endlich zu
einer eingebildeten Vision herabsanken, der, wie ihr zu=
weilen schien, gar keine Wahrheit inne gewohnt hatte.

Nebenbei wurde das Geheimniß, welches sie allein
mit ihrem alten Freunde theilte, statt eines einigenden
Bandes, wie Josephine gehofft, gerade zum Gegentheil,
es erhob sich zu einer Scheidewand zwischen ihnen

Ihr Stolz wurde ängstlich, daß der Rector irgend
ein freundliches Entgegenkommen, kindliche Aufmerksam=

5*

keiten ihrerseits mißdeuten und glaube können, sie wolle
ihn an sein Versprechen erinnern. Aus demselben
Grunde verbarg sie ihm alle ihre von Jahr zu Jahr
wachsenden Sorgen und Verlegenheiten; eine Klage
konnte als eine Bitte um Hülfe angesehen werden oder
für den Wunsch, eine Aenderung in der schwierigen
und seltsamen Lage herbeizuführen, in welche er sie ge=
bracht.

Ja, es war ein wunderbares Verhältniß, besonders
auch in Bezug auf die Kinder, von denen Herr Old=
ham, da er immer schwächer wurde, nicht mehr so viel
Notiz wie früher nahm. Es war leicht ersichtlich, daß
sie ihn ermüdeten, wie dies älteren Leuten mit Kindern
häufig geschieht. Die Mutter konnte es nicht über sich
gewinnen, ihren alten Freund durch sie zu belästigen,
und deshalb schickte sie ihre kleine Schaar fast gar nicht
mehr zu Herrn Oldham, bei dem sie sonst so oft ge=
wesen. Konnten sie ihn nicht, wie er einst selbst gesagt,
„an seinen Tod und ihre Erbschaft" erinnern, oder
ihr etwas kleinstädtisches Wesen und ihre abgetragenen
Kleider ihm ein schweigender Vorwurf für seine theil=
weise Güte sein? Denn die Mutter fühlte es nur zu
gut, daß einige Hundert Thaler, jetzt für sie verwandt,
Tausende aufwiegen könnten, welche ihnen nach zehn
Jahren zu Theil werden würden. Josephine saß oft
und überlegte, wie spät Cäsar zur Universität kommen
würde, und ob Abrienne und die jüngeren Kinder noch
früh genug die Erziehung erhalten könnten, welche ihre
künftige Stellung erforderte. Dann ertappte sie sich —
furchtbarer Gedanke — daß sie berechnete, wie lang ein

Menschenleben wohl dauere und wie viele Jahre Herr
Oldham noch leben könne, bis sie emporschreckte, ihre
Phantasie verwünschte und sich so schuldig fühlte, als
habe sie schon des alten Mannes Tod beschlossen, und
sich dann schließlich fragte, ob das verheißene Vermögen
wohl ein Segen oder ein Fluch sei; abwechselnd schien
es ihr Beides.

Zu anderen Zeiten war die Hoffnung auf die Zu=
kunft das einzige Mittel, sie die schwere Gegenwart er=
tragen zu lassen, und darum verfolgte der Gedanke an
die Erbschaft sie wie ein böser Geist, bis sie ihr inner=
stes Sein unter dem Einfluß desselben sich verschlechtern
fühlte. Josephine war sich bewußt, das Geld an sich
zu verachten, trotzdem seinen Werth hoch zu schätzen und
sich unendlich nach seinem Besitze zu sehnen. Nebenbei
erschien sie sich als die ärgste Heuchlerin. Zum Glück
sprach ihr Mann nie von der Zukunft; es lag nicht in
seiner Natur. Er nahm Alles leicht; voll Seelenruhe
würde er das letzte Brot verspeist und sich dann ge=
wundert haben, daß der Eßschrank leer war.

Aber Bridget ließ oft ihre Sorge um die theuren
Kinder laut werden, und ob sie wohl nicht anders er=
zogen werden müßten; und einige der befreundeten Nach=
barn sprachen mit Josephine in derselben Weise und
fragten, was sie mit Cäsar beginnen werde, und ob es
nicht besser sein möchte, daß er die Schule verließe und
irgend ein noch so kleines Amt als Schreiber oder der=
gleichen annähme, wenn die Mutter ihn nicht etwa ein
feines Handwerk — es gäbe ja so sehr respectable Män=
ner auch in dieser Klasse — wolle erlernen lassen.

Für alle diese Bemerkungen, gut gemeinten Rath=
schläge und ängstlichen Fragen hatte sie nur eine Ant=
wort, die mit einer Art verzweifelter Kürze ertheilt
wurde, welche die Leute sagen ließ, daß Frau Scanlan
immer eigenthümlicher werde, da sie auf so wichtige
Fragen kurzweg erwidern könnte: „Ich weiß nicht, was
geschehen soll."

Es war die reine Wahrheit, sie wußte es in der
That nicht. Herrn Oldham's gänzliches Schweigen über
die Sache ließ sie zuweilen auf den Gedanken kommen,
sie habe ihn vielleicht falsch verstanden oder er sei an=
dern Willens in Beziehung auf sie geworden, um so
mehr, da zwischen ihm und ihrem Manne eine leise
Kälte im Benehmen hervortrat. Ob der Rector die
enorme Selbstüberhebung seines Vicars gekränkt hatte
— und von allen Beleidigungen kann ein eitler Mann
diese am wenigsten verzeihen — oder ob der kluge alte
Herr Edward Scanlan immer besser durchschaute und
deshalb stets geringer achtete, ich kann die Ursache der
Entfremdung nicht bestimmen. Das aber war ersicht=
lich, sie kamen nicht mehr so gut wie sonst mit einander
aus und vermieden es deshalb, zusammen zu treffen.
Herr Oldham machte seine Besuche im Hause des Vi=
cars, wenn dieser fern war, und Edward Scanlan fand
immer eine Entschuldigung, die Einladungen des Rectors
auszuschlagen und seine Frau allein gehen zu lassen.

Zuweilen kam er noch auf das alte Thema, das
„Hauptunrecht", unter dem er litt, zurück: mit welcher
Ungerechtigkeit er behandelt werde, wie man seine Ver=
dienste nicht genug würdige, und es ein Jammer sei,

daß er um seiner Familie willen bei einem so schlechten
Gehalte in Ditschley bleibe, geradezu sein Licht unter
den Scheffel stelle, während er in London Ruhm und
Vermögen erwerben könnte. Dann dachte er auch wohl
noch jetzt dorthin zu gehen, wenn Herr Oldham ihn
nicht besser bezahle. All diesen Reden und Vorschlägen
setzte seine Frau nur den Widerstand gänzlichen Schweigens entgegen. Sie ließ ihn sprechen, so viel er wollte,
und der Vicar sprach gar zu gern, besonders von sich
selbst — sie aber erwiederte nicht ein Wort darauf.

Endlich geschah etwas, das den Bann dieses trüben
Schweigens brach, vielleicht zu Josephinens Besten ihn
zerstörte; denn sie fühlte, wie Kälte und Bitterkeit immer
mehr in ihrem Innern Raum gewannen. Doch war es
ein sehr harter, unerwarteter Schlag, der sie traf.

Eines Abends kam ihr Gatte in höchst gereizter
Stimmung und übler Laune heim. Nun weiß wohl
manche Frau, was das bedeutet, und ihr liebeinniges
Herz bedauert den Mann, der, den ganzen Tag über
von Geschäften und Unannehmlichkeiten aller Art in
Anspruch genommen, körperlich und geistig ermattet nach
Hause kommt, um bei seinem Weibe Ruhe und Er-
holung zu genießen; und Schande über die, bei welcher
er sie nicht findet, sollte er selbst ihre Geduld und Nach-
sicht in Anspruch nehmen. Aber Gereiztheit und ängstliche Sorge gehörten nicht zu Edward Scanlans Eigenschaften, sondern gerade das Gegentheil; er besaß diese
unendliche Gleichgültigkeit gegen alle Beschwerden und
Unannehmlichkeiten, welche nicht ihn selbst betrafen, eine
Gemüthsbeschaffenheit, die oft damit bezeichnet wird:

„der Mensch hat einen prächtigen leichten Sinn, er nimmt Alles von der guten Seite." In vieler Hinsicht war der Vicar liebenswürdiger und angenehmer als Josephine, in der sich mehr und mehr eine gewisse Schärfe und Bitterkeit ausbildete, die man oft bei sehr tüchtigen, charaktervollen Frauen findet, ohne sie deshalb gutheißen zu können. Ihres Mannes leichtes laissez aller brachte sie oft an die Grenze des zu Ertragenden.

An jenem Tage schienen sie die Rollen getauscht zu haben. Sie war ruhig und heiter, indessen er sich in der übelsten Laune befand. An Bridget, an den Kindern, am ganzen Hauswesen, ja selbst an seiner Frau fand er zu tadeln, und das Letztere geschah selten. Er sah, während er den ganzen Abend schweigend und mürrisch auf dem Sopha lag, so elend und krank aus, daß Josephine sich zu ängstigen begann.

Als die Kinder zu Bett gegangen waren, kam das Geheimniß, das den Vicar bedrückte, heraus; nicht daß er es seiner Gattin entdeckte, sondern sie rang ihm die Worte einzeln ab, und trotz mancher Widersprüche und Verheimlichungen gelangte sie doch zu einem annähernd richtigen Ueberblick dessen, was geschehen war.

Ihr Gatte hatte das gethan, was die meisten Männer seiner Art so leicht thun; es sieht so großmüthig aus, klingt so hübsch, einem Freunde in der Noth zu helfen, ja es ist geradezu Pflicht, daß man solchen Dienst leistet und seinen Namen unter einen Wechsel setzt, es ist ja doch nur der Form wegen. Der „Freund" zeigte sich bald als das, was solche Freunde meist sind, als ein Schurke; er ging durch nach irgend einem fremden

Lande und der, welcher Bürgschaft geleistet, mußte den Wechsel bezahlen.

„Ich versichere Dich, Josephine, ich hatte nicht das geringste Verständniß von der Sache, ich hielt es für eine leere Form, und später vergaß ich das Ganze, glaube es mir, meine liebe Frau!" bat er eifrig.

„Ich glaube es Dir!" entgegnete sie bitter.

Bis dahin hatte sie seinen Redestrom, die Erklärungen, Entschuldigungen und Versicherungen aller Art nicht mit einem Worte unterbrochen; hätte er sie aber angesehen, müßte er ihr bleiches Antlitz mit dem strengen Ausdruck und ihre fest verschlungenen Hände, alles Zeichen einer furchtbaren Erschütterung, bemerkt haben.

„Ist es nicht aber wieder mein gewöhnliches Unglück, ist es nicht schlimm für mich?"

„Für uns meinst Du wohl?" antwortete Frau Scanlan langsam. „Ist es Dir möglich, Dich zweier Thatsachen genau zu erinnern? Wie viel sollst Du bezahlen, und wann muß dies geschehen?"

Sich auf Facta zu besinnen, war nun gerade nicht des Vicars Stärke, endlich aber erfuhr Josephine doch so viel, daß der Wechsel bereits verfallen war und zweihundert Pfund betrug.

„Zweihundert Pfund! Wann unterschriebst Du ihn?"

„Vor einem Jahr — oder vor sechs Monaten — ich weiß es wahrlich nicht genau."

Mit düsterem, vorwurfsvollem Blick sagte sie:

„Edward, weshalb verschwiegst Du es mir damals?"

„Ach, meine Liebe, Du würdest solchen Lärm darüber gemacht haben. Ich dachte ja nur, man verlangte meine

Unterschrift, es fiel mir nie ein, daß ich bezahlen sollte. Es wäre auch nie dahin gekommen, wenn nicht mein Freund" —

„Du nanntest mir diesen Freund noch nicht."

„Das ist wieder Deine Schuld. Du hast ihn nie= mals leiden mögen, deshalb schwieg ich. Wäre es an= ders gewesen, hätte ich es Dir vertraut, aber Du warst stets so ungerecht gegen den armen Summerhayes."

„Für ihn also unterzeichnetest Du den Wechsel?"

„Es ging nicht anders, Josephine, ich versichere es Dich. Es kam ja Brief auf Brief an mich."

„Briefe? ich sah nie einen."

Edward Scanlan erröthete, ja er war noch so gütig zu erröthen, und etwas verlegen erwiderte er:

„Nein, sie wurden nicht hierher adressirt, ich wußte, Du würdest darüber böse sein, daher holte ich sie mir selbst von der Post ab. Ja, ja, mein Liebling, ich fürch= tete mich wirklich vor Dir."

„Du fürchtetest Dich vor mir!" wiederholte Jose= phine langsam.

Dann wandte sie sich ab, und in ihr Herz schlich sich ein Gefühl, das schlimmer war, als Empörung, Eifersucht oder gekränkte Liebe — es war die schrecklichste Empfindung, die eine Frau hegen kann — Verachtung gegen ihren eigenen Gatten.

Edward Scanlan hatte sich geirrt, sie machte keinen „Lärm" über die Sache. Solche Frauen wie sie ver= schwenden ihre Kraft nicht, gegen das Unvermeidliche nutzlos zu kämpfen. Sie trug das Mißgeschick mit einer solchen Ruhe, daß er zu dem Glauben kam, es habe sie

nicht so tief berührt, und dem zu Folge seine gute, sorg=
lose Stimmung wieder gewann. Wenn seine Josephine
so ruhig blieb, konnte es ja gar nicht so schlimm sein;
sie würde in ihrer Klugheit schon einen Ausweg finden,
denn sie war eine seltene, einsichtsvolle Frau. Unter
dem Guten, was in Edward Scanlan geblieben — und
hieraus erklärt es sich vielleicht, daß die Liebe für ihn
noch immer nicht im Herzen seiner Frau erstorben war
— zählte dieser unverbrüchliche Glaube an sie, das felsen=
feste Zutrauen zu ihr. Mit der Hülfe seiner vortreff=
lichen Josephine mußte es ihm ja gelingen, durch die un=
angenehme Geschichte hindurch zu kommen. „Unan=
genehm" nannte er sie nur; die Sünde, welche er be=
gangen, die Schwäche, die bis zur Schlechtigkeit stieg,
wenn ein Mann einem unerlaubten Ansinnen gegenüber
nicht nein zu sagen vermag und lieber die Wohlfahrt
der Familie durch seinen Leichtsinn und seine Unüber=
legtheit gefährdet, diese Sünde sah der Vicar nicht ein,
sie bedrückte ihn nicht. Fast heiter sagte er:

„Ich bin so froh, daß Du die Angelegenheit so gut
aufnimmst. Wahrhaftig, meine Beste, eine Frau Deines=
gleichen hat England, ja vielleicht die ganze Welt nicht
noch einmal, das sage ich auch Jedem. Und da Du
mir zugiebst, daß ich nicht anders handeln konnte, so
hoffe ich auch, Du wirst mir aus der dummen Ge=
schichte heraushelfen."

„Auf welche Weise?"

„Du mußt zu Herrn Oldham gehen und ihn bitten,
uns das Geld zu leihen. Er hat viel Kapital liegen,
und was sind ein Paar hundert Pfund für ihn — gar

nichts, selbst wenn er sie uns schenkte, statt sie nur zu borgen. Aber ich verlange das gar nicht, er soll sie uns nur vorstrecken und zwar gegen gute Sicherheit."

„Welche Sicherheit?"

„Mein Wort, — mein Versprechen zu bezahlen —, meine Unterschrift. Aber das verstehst Du wohl nicht; in Geschäftsangelegenheiten sind die klügsten Frauen etwas unwissend. Natürlich ist mein Wort das Einzige, was ich bieten kann, da ich kein Vermögen besitze! Ach, wenn ich reich wäre! Ich wünschte, irgend eine wohl= habende alte Jungfer oder ein alter geiziger Junggeselle, wie Herr Oldham, vermachte mir seine Schätze!"

Josephine hatte fast athemlos zugehört. Obgleich ihr Mann ganz in's Blaue hinein sprach, sah sie ihn so erschrocken an, als wüßte er die Wahrheit. Das war ja aber unmöglich, nur ihr eigenes ängstliches Gewissen hatte sie erschreckt.

„Josephine, wie Du roth geworden bist! Habe ich etwas so Furchtbares gesagt, oder wirst Du wieder böse, weil ich den Vorschlag mache, Herrn Oldhams Hülfe zu erbitten? Nicht in der Art wie früher, diesmal liegt die Sache anders. Das ist ein ganz legales Abkommen zwischen Gentleman und Gentleman, und er müßte sich eigentlich geschmeichelt fühlen, daß ich mich an ihn wende. Du aber scheinst Dich vor dem alten Herrn — der nebenbei täglich ·mehr verfällt — so zu fürchten, wie ich heute sehe, als sei er der Groß=Mogul in Person."

Josephine zögerte, denn bei ihrer Antwort mußte sie jedes Wort erwägen. Endlich sagte sie fest:

„Edward, wenn Du dies zu thun beabsichtigst, mußt

Du es allein ausführen. Ich erbitte nichts, unter wel=
chem Vorwande es auch sei, von Herrn Oldham. Er
hat Dir ein gutes Gehalt bewilligt, fernere Verbindlich=
keiten gehe ich nicht ein."

„Das ist Unsinn. Weshalb sollten wir nicht, so
viel wir erhalten können, von ihm annehmen? Er hat
keine Kinder, wir haben deren viel, und der Himmel
mag wissen, wer sein Erbe sein wird, wenn er nämlich
einen hat. Vielleicht läßt er all sein Geld einem Ho=
spitale oder einem Collegium. Meinethalben — was
geht es mich an!"

„Es geht Keinen etwas an. Er kann mit seinem
Eigenthum nach Belieben schalten."

„Mein Himmel, wenn ich wüßte, es könnte mir ge=
lingen, sein Erbe zu werden, wie wollte ich Alles daran
setzen! Eigentlich wäre es gar nicht so wunderbar, wenn
der reiche Rector seinem armen Vicar sein Vermögen
hinterließe. Ach, da könnten wir auf ein „post obitum"
leben!"

„Sage mir, was ein „post obitum" ist."

„Du kleines, dummes Kind! Das ist ein Schein,
den man für geliehenes Geld ausstellt, welches man
nach dem Tode seines Vaters, Bruders oder irgend eines
Verwandten, den man beerben muß, bezahlt. Viele
junge Leute leben jahrelang von solchen post obitum.
Ich wünschte, ich könnte die Geschichte einmal ver=
suchen."

„Gott sei Dank, daß Du es nicht kannst," erwiderte
Josephine in dem harten Tone, den von einer Gattin
zu hören weh thut. Und dennoch, hätte sie einen Hel=

den geheirathet, nein, selbst nur einen einfachen, doch
edlen Mann, sie würde mit Freuden für ihn gestorben
sein; ja, was noch mehr sagen will, sie selbst würde
ihn ermuthigt haben, in den Tod zu gehen, sobald es
seine Pflicht erforderte. Sie war eine der Frauen, die
ihren Gatten muthig zum Schaffot begleitet, dort seinen
Hals umschlungen oder sein entehrtes Haupt an ihrem
Herzen geborgen haben würde, nichts nach der Welt
und ihren Meinungen fragend, wenn sie selbst den Ge=
liebten nur noch hochachten konnte. Jetzt aber? Edward
Scanlan vermochte sich nicht mehr zu ändern und ach,
er war ihr Gatte.

Vielleicht war sie zu streng und hart gegen ihn, in=
dem sie eine Größe des Denkens und Handelns von
ihm verlangte, deren wenige Menschen fähig sind, und
indem sie, wie Manche sagen würden, immer bemüht
war, den Splitter aus seinem Auge zu ziehen, indessen
sie den Balken in dem eigenen Auge nicht sah. Aber
trotzdem — trotzdem —

Ich kann nicht richten — ich wage es nicht. Wenn
ich Winifred aber (nicht mehr Winifred Weston), das
liebe, theure Antlitz meines mir gegenüber sitzenden Man=
nes betrachte, so fühle ich, daß eine Ehe wie die von
Josephine Scanlan mich wahnsinnig gemacht haben
würde.

Obgleich Frau Scanlan in manchen weltlichen und
geschäftlichen Angelegenheiten unwissend war, so verstand
sie doch genug, um zu sehen, daß die Lage, in welche
ihr Mann sich mehr aus Unüberlegtheit als Schuld ge=
bracht, eine sehr kritische war. Wenn er den Wechsel

nicht bezahlen konnte, mußte er Alles, was er besaß, hingeben und der Erlös würde noch nicht die Summe decken. Als Josephine ihren Mann wieder zu dem wichtigen Gegenstande zurückführte und sich Beide abmühten, einen Weg zu entdecken, um die Folgen seiner Unklugheit abzuwenden, da wurde der Vicar selbst so erschreckt und verwirrt, daß trotz des Dämons der Verachtung, der in der Seele der Gattin tief verborgen lag, diese ihren Mann bedauerte und mit ihm traurig war.

„Hilf mir! o, hilf mir!" rief er fast verzweifelt. „Ich habe Niemand als Dich in der weiten Welt, mir zu helfen!"

Das war gewiß, wahrer als er glaubte. Der einst so viel bewunderte Vicar stand nicht mehr in dem hohen Ansehen bei seiner Gemeinde, wie früher. Er wurde nicht mehr so viel wie ehedem in die Familien eingeladen, und dann noch mehr in die neu hinzugezogenen, als in die alten, lang anwesenden. Die jüngere Generation von Ditschley betrachtete ihn als einen ältlichen Familienvater und die älteren Leute fanden, daß ihm sowohl im Wesen als in der Unterhaltung doch eine gewisse Würde und Weisheit fehle, welche die Vorzüge der Jugend so wohl aufwiegt. Vielleicht hatte auch noch mancher Anderer außer Herrn Oldham und Bridget den Vicar „durchschaut und richtig erkannt." Jedenfalls war er nicht mehr so beliebt wie früher, und wenn er selbst auch dies noch nicht bemerkt, Josephinen war es nicht entgangen.

Wie nahe ihr dies ging, das wird schwerlich ein Mann, aber jede rechte Frau verstehen. Als Edward

Scanlan klagend und bittend rief — ohne zu wissen, wie wahr die Worte — „Ich habe nur Dich, mir zu helfen!" und sein Haupt an ihre Schulter lehnte, zog sie ihn fester an sich und sagte mit trauervoller Zärt= lichkeit:

„Armer Edward, ja ich will Dir helfen!"

Lange Zeit saß sie in schweigendem Nachdenken, wäh= rend ihr Mann immer von Neuem auf sie einredete, daß es ihre Pflicht sei, sich an Herrn Oldham um Unterstützung zu wenden. Sie erwiderte nichts, denn ein Plan reifte in ihr. Ja, sie wurde eine sehr um= sichtige Geschäftsfrau, die jetzt mit seltener Schnelligkeit, nach jedem möglichen Ausweg spähte.

Ihre Juwelen, die sie so lange nicht mehr getragen, waren reichlich zweihundert Pfund werth. Sie wußte das von der Broche her, die sie damals verkauft. Jo= sephine hatte seitdem nicht wieder den Versuch gemacht, sich eines zweiten Schmuckgegenstandes zu entäußern; sie wollte die Diamanten, die sich mit so süßen Erinne= rungen an ihre Jugend und an die ersten Jahre ihrer Ehe verknüpften, behalten und verwahren, bis ihre einst gebesserte Lebensstellung sie wieder zum Tragen derselben berechtigte. Wenn sie aber jetzt die Kleinodien fort= geben könnte, einem Freunde, der ihr vielleicht später für eine gleiche Summe die Einlösung derselben gestat= tete — das wäre die beste Hülfe. Sie dachte an Lady Emma Lascelles, zwischen der und ihr eine Art Freund= schaftsverhältniß entstanden war, wie es zwischen der Frau eines armen Vicares und der Tochter eines Gra= fen, die einen Millionär geheirathet, bestehen kann.

„Ich will mir Lady Emma's Adresse vom Rector erbitten und an sie schreiben," sagte Josephine und theilte ihrem Manne ihren Plan mit.

Er sprach nicht dagegen, da er sich in dem Zustande der Niedergeschlagenheit befand, in welchem er seiner Frau stets Alles überließ. Er machte auch jetzt nicht mehr den sentimentalen Einwand wie früher, daß es herzlos von ihr sei, sich von seinen Liebeszeichen zu tren= nen; das praktische Leben hatte diese Empfindungen lange bei ihm ertödtet. Er bat seine Frau nur, mit der größ= ten Sorgsamkeit zu verfahren, damit Niemand etwas erführe, vor Allem nicht der Rector.

„Ich möchte beinahe fürchten, es habe ihm schon Jemand einen Wink darüber gegeben. Er schickte mir ein ziemlich kurz abgefaßtes Billet, in dem er mich er= suchte, morgen Vormittag vor der Versammlung der Kirchenvorsteher zu ihm zu kommen. Möglich, daß er nur über Geschäfte mit mir sprechen will, dennoch· wünschte ich, es wäre erst vorüber, oder Du könntest statt meiner gehen, meine beste Josephine!"

„Das wünschte ich auch," erwiderte sie mit einem Gemisch von Mitleid und Bitterkeit, und schwieg dann, um nicht mehr zu sagen.

Sie nahmen die Perlen aus dem Juwelenkasten, es war ein köstlicher Schmuck, des Bräutigams Geschenk an ihrem Hochzeitstage; aber Keiner sprach davon, viel= leicht dachten sie kaum daran. Solche Erinnerungen verlieren sich meist in der Mühsal und im Sturme des Lebens, und die gegenwärtige Angst und Sorge, in der sich die Gatten befanden, war groß.

„Lady Emma ist jetzt in Paris; aber ich werde wohl leicht ihre Adresse im Pfarrhause erfahren können. Morgen früh werde ich dorthin gehen, wenn Du sie nicht erfragen willst, Edward."

„Nein, nein; ich mag nichts damit zu thun haben. Besorge Du nur Deine eigene Angelegenheit."

„Meine Angelegenheit!" Ja, es war die ihrige jetzt, ihrer Kinder ganze Zukunft konnte davon abhängen, ob Lady Emma schnell und freundschaftlich gegen sie handelte; doch es war nicht anders zu hoffen, sie hatte ein so gutes Herz.

„Ich glaube gewiß, sie wird sie nehmen," sagte Josephine, indem sie die Perlen wieder in den Kasten legte. „Und ich werde sie bitten, mir den Rückkauf zu bewilligen, wenn ich noch einmal reich genug dazu sein sollte."

„Du wirst sie niemals tragen," erwiderte der Vicar trocken. „Glaube mir, Josephine, mit uns geht es bergab — wir versinken immer mehr in Armuth. Du wolltest mich nicht den Versuch wagen lassen, emporzukommen in der Welt, nun ernte die Früchte Deines Thuns. Merke Dir meine Worte, Deine Söhne werden Handwerker sein — nichts als elende Handwerker."

Edward Scanlan, nur seit einer Generation über diesen Stand erhoben, blickte mit der größten Verachtung darauf und ängstigte sich in irgend einer Art mit demselben verbunden zu sein.

„Meine Söhne!" rief die arme Mutter, sich ihrer plötzlich erinnernd und von der Angst ergriffen, was aus ihnen werden solle, wenn bei dieser Krisis ihnen keine Hülfe käme, das Geld, die Wechsel zu bezahlen, nicht erlangt, die Angelegenheit vor Gericht gebracht und ihr Mann vielleicht gar festgenommen würde. Nach solch einer Schande mußte es um ihn, ja, um sie Alle geschehen sein; der Rector würde Edward nicht wieder als Vicar nehmen und auch die Einwohner von Ditschley, die in ihren Ansichten engherzig und altmodisch bei aller Ehrenhaftigkeit waren, würden sich von ihm abwenden.

„Meine armen Knaben!" wiederholte Frau Scanlan noch einmal klagend; dann aber sprang sie empor, ihre Gestalt richtete sich höher und stolzer auf, ihre dunklen Augen flammten, während sie fest sagte: „Mag es geschehen, es soll mir recht sein. Edward, ich will lieber meinen Cäsar, meinen Louis als einen rechtschaffenen Schlächter oder Bäcker sehen, denn als einen „feinen Herrn", der ein Dieb ist — wie Dein Freund Summerhayes."

Neuntes Kapitel.

Nach seiner Gattin heftigem Ausspruch über seinen Freund, den „feinen Herrn, den Dieb," that der Vicar das einzige Vernünftige, was ein Ehemann unter diesen Umständen thun konnte — er schwieg. Selbst am näch= sten Morgen vermied er es, den Gegenstand zu berühren. Glücklicher Weise mußte er früh das Haus verlassen, da er viel Amtsgeschäfte zu erledigen, nämlich eine ganz kurze Versammlung der Kirchenvorsteher abzuhalten hatte, um dann eine Reihe seelsorgerischer Besuche zu machen, die ihn zum Frühstück und Mittagessen in befreundeten Familien festhielten. Als ihr Gatte fort war, setzte Jo= sephine sich still nieder, um ihre Gedanken zu sammeln, ehe sie nach dem Pfarrhause ging.

Obgleich sie Herrn Oldham seltener als sonst sah, und selbst eine leise Zurückhaltung sich in ihrem freund= schaftlichen Verhältniß geltend machte, so mochten sie einander doch immer noch sehr gern. Sowohl der alte Herr, wie die junge Frau hatten von Anfang an ge= fühlt, daß sie sympathische und treue Naturen wären, und keine noch so ungünstigen Verhältnisse vermochten die feste Freundschaft zwischen ihnen zu lockern, obschon es mehr eine jener stillen, schlummernden Freundschaften

war, die zuweilen in dieser Welt gar nicht zur vollen
Kraft sich entfalten, und nachdem sie mit dem Tode des
Einen aufhören, dem Ueberlebenden das Gefühl lassen
weniger dessen, was sie waren, als dessen, was sie hätten
sein können. Noch war das Band zwischen Frau Scanlan und dem alten Rector innig genug, daß es ihr
schwer werden würde, ihm ihre große Angst und Noth
zu verbergen, besonders wenn er, wie ihr Mann meinte,
schon eine Andeutung davon erhalten hatte.

Wenn er sie nun fragte, zu welchem Zwecke sie Lady
Emma's Adresse wünschte? Es ließ sich wohl leicht
eine Ausrede finden, doch diese verwarf Josephine. Kleinliche weibliche Kunstgriffe waren nicht ihre Art, sie ging
immer auf ihr Ziel los. Fragte Herr Oldham sie, so
mußte sie die Wahrheit sagen und den Stand der Dinge
mittheilen, doch wollte sie um ihres Mannes willen so
lange wie möglich schweigen.

Diese ängstlichen Gedanken zeigten sich klar im Ausdruck ihres Gesichtes, so daß Bridget, welche in das
Wohnzimmer trat, dieselben sogleich errieth.

„Sie haben neue Sorgen, Madame. Theilen Sie
mir Ihren Kummer mit! Die Kinder hören uns nicht,
sie sind alle im Garten; sehen Sie nur, wie fröhlich
sie spielen! Reden Sie, bitte, es wird Ihnen das Herz
erleichtern!"

Bridget hatte den rechten Ton angeschlagen; der
harte, eherne Ausdruck entschwand aus Josephinens Gesicht, sie fing an zu weinen, und konnte dann gar nicht
wieder aufhören. Nach und nach entlockte das treue

Mädchen der geliebten Herrin die Hälfte ihrer Besorg-
nisse und die andere Hälfte errieth sie.

Einen langen Athemzug that Bridget, und da sie
hinter ihrer Herrin stand, so ballte sie ihre kräftigen
Hände zu Fäusten und mit grausigen Grimassen schien
sie einem Abwesenden zu drohen — aber sie sprach kein
Wort. Dafür verdiente die treue Dienerin nach meiner
Ansicht sowohl Lob, als Theilnahme. Ihr ganzes Leben
war eine lange Reihe von Acten der Selbstbeherrschung.
Was sie für ihre Gebieterin und deren Kinder empfand,
lag klar zu Tage, aber ihre Gefühle gegen den Hausherrn kannte Niemand. Es ist schwer, Liebe zu ver-
decken, doch noch schwerer, das Gegentheil davon zu verbergen, und das Härteste mag es wohl sein, den Gegenstand unserer Anbetung als ein williges, bethörtes Opfer
dessen zu sehen, der unsere gründliche Abneigung und
Geringschätzung genießt. Bridget verachtete den Vicar,
darüber ist kein Zweifel, dennoch ließ sie es ihre geliebte Herrin nicht merken; und dieses Factum stellt nach
meiner Ansicht die arme, unwissende Irländerin in die
Reihe der Heldinnen.

Bridget schien es nicht fraglich, daß Lady Emma
die Juwelen kaufen und auch darüber schweigen würde.
„Sie war ja eine «wirkliche Lady», die konnte ein Geheimniß bewahren." Ueber diese Logik mußte Frau
Scanlan doch leise lächeln Aber die warme Innigkeit
und Ergebenheit ihres Mädchens that ihr im Herzen
wohl, und hatte ihr nicht zum ersten Mal Trost gebracht. — Es mag wunderbar scheinen und Manche
werden sehr empört darüber sein, daß diese arme Frau

so vertraulich mit ihrer Dienerin sprach, mehr mit ihr, als mit dem eigenen Gatten berieth. Aber man erinnere sich, daß sowohl in Frankreich als in Irland das Verhältniß zwischen Herrschaft und Dienstboten freier und anhänglicher ist, als in England, und überdies konnte Josephine Bridget trauen. Diese kannte weder Lüge noch Verstellung, noch jene halben Wahrheiten und Ausflüchte, die, oft so geschickt angebracht, eine Sache unklar machen. Obgleich eine Irländerin war sie gegen ihre Natur, wenn auch mit vieler Anstrengung, dahin gekommen, „die Wahrheit zu sprechen und Niemand zu fürchten" und schon deshalb liebte ihre Herrin sie.

„Wünsche mir Glück auf den Weg!" sagte diese, als die liebevolle Dienerin ihr etwas aus der Thür nachwarf — „als Talisman." Ich hoffe, ich werde mit leichterem Herzen zurückkehren.

Schnell, um nicht von den Kindern bemerkt zu werden, eilte Josephine dahin; denn wenn die kleine Schaar sie gesehen, würde sie mit Fragen bestürmt sein, warum sie allein nach Ditschley ginge. Wie damals schritt sie hurtig über den Anger, damals, als sie zuerst Herrn Oldhams Geheimniß erfuhr.

Wie lange das her war! und wie, wie viele Jahre waren vergangen, seit sie geheirathet! Es war gerade ein solcher stiller, milder Februartag gewesen, der Tag ihrer Hochzeit. Der Saft trat in die blätterlosen Bäume, die kahlen Hecken setzten Knospen an, der Himmel war blau und der Sonnenschein schon warm und die Amsel begann zu singen; die ganze Welt war voll Jugendfrische und Hoffnung an diesem jungen, erwachenden

Frühlingstage, gerade wie Josephinens Leben es damals
auch gewesen. Ja, sie hatte ihn geliebt mit einer thö=
richten, innigen, halb unbewußten Mädchenliebe, diesen
Edward Scanlan, der ihr jetzt ein ganz Anderer erschien,
als der, den sie damals geheirathet.

Eine Vision flog an ihr vorüber alles dessen, was
sie von ihrer Ehe gehofft, und was diese wohl hätte
werden können, selbst noch, nachdem sie sich in Ditschley
niedergelassen. Wie wenig würde sie nach dem Verluste
des Vermögens gefragt haben, und wie hätten sie nicht
darunter zu leiden brauchen, wenn ihr Mann nur mit
dem zufrieden gewesen, was ihnen der Himmel beschie=
den, wenn er sich des Segens gefreut und die unaus=
bleiblichen Sorgen ruhig getragen hätte. Wie viel klüger
wäre es gewesen, statt die Vorsehung wie ärgerliche Cre=
ditoren anzuklagen und das zu fordern, was sie nach
ihrer Meinung ihnen schuldig war, wenn sie die Gaben
Gottes gleich guten, dankbaren Kindern angenommen,
auch dann an des Vaters Liebe glaubend, wenn er auch
Manches versagte.

Dieser Glaube, den Herr Scanlan wie die meisten
Prediger in seinen Reden lehrte, war das, was in Jo=
sephine noch von Religion lebte. Die Dogmen, in wel=
chen ihr Mann, im Verein mit seinen Evangelischen
Brüdern sehr stark war, glaubte sie nicht, sie bekümmerte
sich nicht einmal darum, ob sie wahr oder falsch wären.
Man hatte sie bei allen Gelegenheiten damit gespeist,
ja dieselben in sie hineingepredigt, nur gepredigt, nicht
im Handeln angewendet, so daß sie nun gar nichts mehr
davon wissen wollte, kaum darauf hörte. Nicht daß sie

dieselben geradezu geringschätzte, zum Glück ist das Chri=
stenthum so göttlich, daß alle reinen Seelen es instinct=
mäßig annehmen und daran festhalten, troß der Ver=
derbtheit seiner Bekenner; aber Josephine ließ sie so viel
als thunlich unbeachtet und lehrte ihre Kinder möglichst
wenig davon. Dennoch wurde sie bei jedem Schritt
aufgehalten, selbst bei dem „Vater unser," als ihr jüng=
stes Kind, dem sie zu erklären versuchte, weshalb es Gott
„unseren Vater" nennen solle und was ein Vater sei,
sie durch die einfache Frage entsetzte: „Ist Gott Papa
ähnlich?"

Arme Mutter! Arme Kinder! Und sie hatten alle
„Seelen, die gerettet werden mußten" wie der Vicar ge=
sagt haben würde. Indessen ängstigte er sich nicht im
Geringsten um die Seelen seiner eigenen Familie, er
nahm es als gewiß an, daß, da sie zu ihm gehörten,
Alles in Ordnung mit ihnen sei; während sie sich in
Wahrheit in einem Zustande der Glaubenslosigkeit be=
fanden, der schlimmer als das dunkelste Heidenthum ist.
Es erforderte lange Jahre und viele Kümmernisse, um
Josephine zum Lichte zu führen, und ihre Kinder, Adri=
enne vielleicht ausgenommen, starben ohne es zu sehen
und ohne in dem „Worte Gottes" etwas anders als
eine gebräuchliche Phrase zu erkennen, die nichts oder
schlimmer als nichts bedeutete. „Kein Wunder!" sagte
Bridget eines Tages zu mir, ohne der bitteren Satyre
ihrer Worte sich bewußt zu sein: „Kein Wunder, Fräu=
lein, ihr Vater war ja ein Prediger."

Frau Scanlan ging mit ungestümer Hast, so wenig
als möglich daran denkend, wie sie ihre Frage stellen

würde, durch den schönen Garten zur Hauptthür des
Pfarrhauses. Diese stand weit offen, trotz des kalten
Tages, und durch das stille Haus tönten eilige Fuß=
tritte. Erst nach mehrfachem Klingeln erschien ein Die=
ner, aus dessen erschrockenem Gesichte Josephine sogleich
eine Trauerbotschaft las.

„Was ist geschehen — Ihr Herr?“ Sie hielt inne,
ein Zusammenziehen ihres Herzens nahm ihr die Worte.
Es war ihr, als hätten ihre Gedanken den Rector ge=
mordet.

Nein, er war nicht todt, doch ein schwereres Schick=
sal, als der Tod hatte ihn befallen. Er hatte sich am
Morgen in seine Bibliothek begeben, mit dem Bescheide,
nicht vor dem zweiten Frühstück gestört zu werden, da
er Geschäfte habe. Um ein Uhr kam der Haushofmeister
dorthin und fand seinen Herrn zwar lebend und bei
Bewußtsein, doch regungslos und der Sprache beraubt
auf dem Fußboden hingestreckt. Wie lange er dort ge=
legen und wodurch der Anfall herbeigeführt war, wußte
Niemand, und es schien vermuthlich nie ergründet wer=
den zu sollen, da Dr. Waters, der sogleich geholt wor=
den war, meinte, er bezweifle, daß Herr Oldham je die
Sprache wieder erlange. Der Schlaganfall hatte ihn
auf die schlimmste Art getroffen, indem er den Körper,
doch nicht den Geist gelähmt, wenigstens im Anfange
nicht; so daß der arme alte Herr für den Rest seines
Lebens, ob es nach Tagen oder Jahren zu zählen war,
nicht mehr als ein lebender Leichnam sein würde, in
welchem die bewußte, doch gefesselte Seele wohnte.

„O, Doctor, das ist furchtbar, ist keine Hoffnung?“

Doctor Waters schüttelte Frau Scanlans Hand, erwi=
derte aber nichts. Er war tief erschüttert, ebenso zeigte
sich Herr Langhorne, der Geschäftsführer des Rectors,
der dem Arzt folgte. Beide alte Herren — alt, obgleich
sie viel jünger als der Rector waren — wurden als die
vorzüglichsten und ehrenhaftesten Männer in Ditschley
betrachtet, trotzdem, wie die Satyre zuweilen sagte, der
eine ein Arzt, der andere ein Advokat war. Sie standen
in eifrigem Gespräche bei einander, sich über das traurige
Ereigniß und seine Folgen berathend.

„Ich habe alle seine Papiere versiegelt," sagte Herr
Langhorne. „Es ist das Einzige, was geschehen konnte
— bis eine Veränderung eintritt. Niemand kann hier
eine Autorität geltend machen; der Rector hat · keine
Verwandte."

„Außer Lady Emma, und sie ist auf Reisen, ich
weiß nicht, wo sie weilt. Vielleicht ist es Frau Scanlan
bekannt?"

Dr. Waters wandte sich zu ihr, die fern stand, als
sei sie zu viel in dem Hause der Trauer und gehöre
nicht dahin. Und dennoch fühlte sie das schwere Unglück
so tief wie Einer, vielleicht noch tiefer, weil sich Ge=
wissensbisse hineinmischten. O, weshalb hatte sie den
gütigen, alten Herrn in letzter Zeit so vernachlässigt,
weshalb hatte sie ihrem thörichten Stolz, ihrer lächer=
lichen Empfindlichkeit gestattet zwischen ihn und sie zu
treten? Wie sie jetzt wünschte, sie hätte beide nicht
beachtet und wäre dem einsamen alten Manne mit den
Gefühlen echt kindlicher Liebe genahet, die ihr Herz für
ihn hegte!

Auf die Frage, ob Frau Scanlan den Aufenthalt
von Lady Emma kenne, erwiderte sie, daß sie nichts
davon wisse, und sie vergaß, daß sie gekommen, sich nach
der Adresse zu erkundigen, welche von so großer Wich=
tigkeit für sie war. Ihre eigenen Angelegenheiten waren
ihren Gedanken entschwunden, alle richteten sich auf den
theuren Kranken.

„Glauben Sie, daß er genesen kann, daß er wieder
sprechen wird?" fragte sie den Arzt.

„Ich fürchte, nein; obgleich er Monate, Jahre in
diesem Zustande liegen kann; mir sind solche Fälle in
meiner Praxis vorgekommen. Weshalb fragen Sie? Kom=
men Sie her, mit ihm über Geschäftsangelegenheiten zu
sprechen? Ich hoffe, zwischen Ihrem Herrn Gemahl und
dem Rector ist Alles in Ordnung."

Frau Scanlan neigte bejahend ihr Haupt.

„Das ist gut. Ich fürchtete fast, es habe zwischen Bei=
den in letzter Zeit nicht Alles so recht gestimmt. Jetzt
wird der Herr Vicar alle Obliegenheiten zu erfüllen
haben, und Langhorne und ich, als Kirchenväter, müssen
danach unsere Einrichtungen treffen."

Hierauf begannen Beide über Geschäfte zu sprechen,
wie Männer dies zu thun vermögen, selbst nach dem
schrecklichsten Ereigniß; obgleich es der Frau, die mit
vollem, angsterfüllten Herzen dabeistand, fast unnatürlich
erschien. Niemand kümmerte sich weiter um sie, wenn=
gleich man ihr als der Gattin des Vicares das Recht
einzuräumen schien im Hause gegenwärtig zu sein. Still
zuhörend saß sie da, bis ein Ausspruch sie aufschreckte.

„Er wird niemals wieder sich mit seinen Angelegen=

heiten beschäftigen können," sagte der Arzt. „Ich hoffe,
er hat sein Testament gemacht."

„Hm — ich glaube, ich habe einigen Grund anzu=
nehmen, es sei geschehen," erwiderte der vorsichtige Ad=
vokat. „Solche Dinge müssen als ganz privater Natur
nicht besprochen werden."

„Nein, nein; ich fragte nur, weil der Rector mir
einst sagte, ich solle einer der Testamentsvollstrecker wer=
den. Er konnte ja aber thun ganz nach seinem Be=
lieben, ohne es mir mitzutheilen. Ich werde es schon
erfahren, wenn Alles vorüber ist."

„Alles vorüber ist" — einer jener vielen Ausdrücke,
welche die Menschen wählen, das einfache Wort: Tod
zu umgehen. Josephine hörte mit solchem Eifer zu —
sie konnte nicht anders — daß, als die Augen der bei=
den Herren sie trafen, sie so glühend roth wurde, wie
eine Schuldbeladene.

Indessen war des Arztes Sinn auf Anderes gerichtet,
und der Advokat wußte entweder nichts oder — eine
eiskalte Hand griff an das Herz der armen Mutter —
es gab gar nichts zu wissen und zu verbergen. Herr
Oldham konnte schon lange sein erstes Testament ver=
brannt und ein anderes gemacht haben. Ihre Zukunft
und die ihrer Kinder hing an einem seidenen Faden.

Die innere Angst war so furchtbar, daß sie die Un=
ruhe kaum ertragen und verbergen konnte.

„Da ich hier doch nutzlos bin," sagte sie endlich, „so
will ich lieber gehen. Soll ich an Lady Emma schreiben?
Ja, da fällt mir ein, ich selbst wünschte ihre Adresse zu

wissen. Bitte, Herr Langhorne, wollen Sie in Herrn Oldhams Notizbuch nachsehen?"

Das war leicht zu thun, denn der alte Rector war in allen Dingen peinlich ordentlich und accurat gewesen. Aber das Ergebniß des Suchens vernichtete die Hoffnung Josephinens, sich bittend an Lady Emma zu wenden, da deren Adresse zu unbestimmt lautete: „Wien poste restante."

Trotzdem fühlte die Frau des Vicares diesen Schlag kaum. Sie erwiderte nur:

„Das ist zu weit für mich — wer weiß, wenn mein Brief ankommen würde. Ich will jetzt nach Hause gehen."

Sie hatte kaum den Garten verlassen, als Herr Langhorne sie einholte.

Der gute Advokat war ein sehr schüchterner Mann. Er hatte sich zu seiner jetzigen Stellung durch anstrengende Thätigkeit erhoben, aber seine niedre Geburt, seine etwas linkischen Manieren, und ein sehr peinliches Stammeln, welches ihn zuweilen befiel, waren ihm noch jetzt hinderlich; bei dem Allen war er ein sehr braver und gerader Mensch, und obgleich Frau Scanlan ihm selten in der Gesellschaft begegnete, so wußte sie doch, wie hoch Herr Oldham und die ganze Nachbarschaft ihn stellten, und wie in dem kleinen, düsteren Büreau des Sachwalters die tiefsten und wichtigsten Familien-Geheimnisse der Hälfte der Einwohner von Ditschley und seiner Umgebung verborgen waren.

Zögernd nahte sich Herr Langhorne Josephinen und sagte verlegen:

„Verzeihen Sie, Madame, daß ich mir die große
Freiheit nehme, Sie anzureden; wenn Sie aber vielleicht
mit dem armen Herrn Oldham etwas besprechen woll=
ten, so könnte ich als sein Geschäftsführer Ihnen —
Ihnen vielleicht von Nutzen sein."

Hier wurde er so nervös erregt und fing an so heftig
zu stottern, daß die Frau des Vicares Zeit hatte, sich
von ihrem Erstaunen zu erholen und ihre Gedanken zu
sammeln. Ihre Noth war groß, die Angelegenheit drin=
gend. Sie mußte ohne Verzug mit Jemand berathschla=
gen, sie mußte es, denn ihr Mann entzog sich unbe=
dingt der Unannehmlichkeit. Weshalb sollte sie sich nicht
an diesen guten und klugen Mann wenden, der überdies
noch ein Sachverständiger war? Auch war ja ihres
Gatten Thun noch keine Schande, wenngleich er unver=
zeihlich thöricht gehandelt.

Sie nahm all ihren Muth zusammen und theilte
Herrn Langhorne mit, weshalb sie an Lady Emma hätte
schreiben wollen, und nur davon abstände, weil die un=
sichere Adresse die Sache verzögern würde, und sie schnelle
Hülfe brauche. „Ohne dies," fuhr sie mit einer Art
bitterem Stolze fort, „würde ich niemals meines Gatten
Privatverhältnisse in dieser Art aufgedeckt haben."

„Sie würden nicht mehr lange verborgen geblieben
sein, Madame," erwiderte der Advokat, der das Ganze
mit einem Blick übersah und als ein Vorkommniß der
alltäglichsten Art behandelte. „Sie haben keine Zeit zu
verlieren. Herr Scanlan muß sogleich das Geld be=
zahlen oder das Gesetz schreitet ein. Soll ich ihm die

Summe vorstrecken — hat er mir irgend eine Sicher=
heit zu bieten?"

Er hatte keine, vermochte nichts zu geben, als sein
Versprechen zu bezahlen, und das war so gut wie nichts.
Dennoch konnte seine Frau dies nicht verrathen.

„Ich möchte lieber keine Schulden machen," erwi=
derte sie, „und dazu sollte mir mein Schreiben an Lady
Emma verhelfen. Wollen Sie statt ihrer meine Juwe=
len kaufen? Sie sind mehr als zweihundert Pfund werth.
Es würde Ihnen keine Schwierigkeiten bieten, sie zu
veräußern, oder wenn Sie mir dieselben aufbewahren
wollten, könnte ich sie vielleicht später zurück nehmen."

Arme Josephine! Sie wurde durch ihre innere Angst
zur Schlauheit getrieben. Während sie sprach, beobachtete
sie genau das Gesicht des Advokaten, um zu entdecken,
ob er glaube, sie werde je reich genug sein, die Ju=
welen zurückzukaufen. Aber seine Züge waren undurch=
dringlich.

„Wie Sie wollen, Madame, mir ist Alles recht. Ich
wünsche nur, einem Nachbar und zugleich einem Freunde
des Herrn Oldham zu dienen. Will Ihr Herr Gemahl
morgen zu mir kommen, oder vielleicht ist es besser, Sie
kommen selbst."

„Ja, wenn Sie es wünschen; mein Mann wird auch
viel zu thun haben."

„Und befolgen Sie meinen Rath, Frau Scanlan.
Lassen Sie in Dütschley nichts von dem Wechsel laut
werden. Wir Advokaten wissen, es ist besser über solche
Sachen zu schweigen. Ich empfehle mich Ihnen!"

Obgleich gütig, so war doch des alten Herrn Weise
etwas beschützend und dictatorisch, aber Josephine wurde
nicht dadurch gekränkt. Ihre Sorge und Angst waren
beseitigt, denn sie zweifelte nicht, daß ihr Gatte in das
Uebereinkommen willigen würde; er fragte nicht viel, wie
das Geld erlangt war, wenn es nur überhaupt angeschafft
wurde. Josephine eilte nach Hause und traf ihren Mann
an der Gartenpforte. Er kam aus der entgegengesetzten
Richtung und schien nicht zu wissen, was in dem Pfarrhause vorgefallen.

„Nun, hast Du das Geld bekommen?" fragte er
eifrig; dem Anscheine nach hatte er ganz vergessen, auf
welche Art sie es zu erlangen hoffte. „Ist Alles in
Richtigkeit?"

„Ja, ich habe die Sache arrangirt. Aber —" Und
sie erzählte ihm nun den schrecklichen Schlag, der auf
den armen Herrn Oldham gefallen.

„Mein Himmel! wie furchtbar! Wenn ich geglaubt,
das könne geschehen.... — Aber ich hatte keine Ahnung,
daß er krank sei, ich versichere es Dich."

„So sahst Du ihn diesen Morgen?"

Die Nachricht ergriff den Vicar mehr als Josephine
erwartet, da er Anderer Kummer und Leid stets sehr
leicht nahm. Er zitterte und war auffallend bleich geworden.

Da Niemand im Pfarrhause von des Vicares An-
wesenheit etwas zu wissen schien, hatte Frau Scanlan
angenommen, er sei nicht dort gewesen. Es wäre nichts
Ueberraschendes bei Edward Scanlan, daß er eine Ver-

abredung verſäumt; beſonders wenn das Zuſammentreffen etwas Unangenehmes bringen konnte.

„Ja, ich ſah ihn,“ begann der Vicar mit immer noch bebender Stimme. „Er ſelbſt ließ mich in das Haus, da er nach mir ausgeſchaut, um mir eine tüchtige Straf= predigt zu halten. Das that er reblich, ſie währte .faſt eine Stunde und reizte mich ſehr. Ich glaube, wir wur= den Beide heftig.“

„Edward! Der Arzt ſagte, eine große Aufregung müſſe das Uebel herbeigeführt haben; — gewiß .— gewiß iſt dies die Urſache.“

„Plage Du mich auch noch, Joſephine. Was ge= ſchehen, iſt geſchehen und kann nicht zurückgerufen werden. Ich leugne nicht, wir geriethen in Wortwechſel, was mir jetzt leid thut; wie aber konnte ich wiſſen, er ſei krank? Du kannſt mich doch nicht tadeln?“

Doch ſchien er zu fühlen, er ſei zu tadeln, denn er ſuchte ſich mit ängſtlichem Eifer zu entſchuldigen.

„Ich verſichere Dich, meine Liebe, ich war ſo lange als möglich geduldig, und es war dies nicht leicht, denn er hatte von dem Wechſel gehört und war wüthend. Er nannte meine Aufführung eines Gentleman und eines Predigers unwürdig, ſagte, ich würde Dich und die Kin= der ruiniren und mehr ſolchen Unſinn; nachher erklärte er, wenn er noch einmal etwas Derartiges erführe, würde er etwas thun, was, weiß ich nicht, denn ſeine Sprache ward unverſtändlich, und dann“ —

„Und dann? O, Edward, ſprich einmal in Deinem Leben die volle Wahrheit!“

„Das will ich — Du brauchst mich aber vorher nicht zum Lügner zu stempeln. Werde auch nicht heftig, Josephine, wie dies zuweilen Deine Art ist! Herr Old= ham war aufs Aeußerste erregt, er wurde immer hitziger und röther und seine Worte klangen verwirrt. Ich glaubte, er sei nur sehr ärgerlich, und daß ich besser thäte, ihn allein zu lassen; so stahl ich mich ganz leise fort — ganz leise — damit mich Niemand sähe, denn es wäre doch zu unangenehm gewesen, wenn Jemand den Streit gehört und mich gesehen hätte."

„Und weiter fiel Dir nichts auf — Du bemerktest nichts?"

„Doch ja — aber ich bin dessen nicht gewiß, ich glaube, als ich die Thür des Zimmers schloß, hörte ich ein Geräusch — wie von einem Fall — ich konnte nicht zurück gehen, das mußt Du einsehen, auch nicht die Diener rufen, sie hätten ja erfahren können, daß wir einen Streit gehabt."

„Daß Ihr einen Streit gehabt," wiederholte Jo= sephine langsam und mit verächtlichem Tone. „Und wann geschah dies?"

„Vielleicht um eilf Uhr."

„So lag er auf dem Fußboden bis ein Uhr, hülflos und sprachlos lag er dort, ohne daß Jemand herbei kam. Armer alter Mann! Und Du ließest ihn liegen — es war Dein Thun! Du" —

„Feigling!" war das Wort, welches auf ihren Lippen schwebte, aber sie hatte Verstand genug, es nicht auszu= sprechen. Sie überließ der Stimme seines eigenen Ge=

7 *

wissens, es ihm zuzurufen. Diese that es und er hörte es, denn trotz aller seiner Schwachheit und Kleinheit besaß er noch ein Gewissen. Er konnte sich nicht von der Sünde fernhalten, wenn er aber gesündigt, wußte und fühlte er es. Das machte es so schwer, mit ihm umzugehen. Seine jämmerliche Zerknirschung entwaffnete fast den Vorwurf.

„Josephine, wenn Du mich mit diesem Blick ansiehst, werde ich fast denken müssen, ich hätte ihn getödtet. Ar= mer Herr Oldham! wer konnte das ahnen! Aber ich weiß, Du legst es mir Alles zur Last. Du bist grausam — grausam gegen mich. Du, die zu den Kindern, zu Jedermann zärtlich und gütig ist, gegen Deinen Gatten bist Du hart wie Stein."

Sprach er wahr? Ihr Gewissen beschuldigte sie halb und halb der Anklage. Sie versuchte ein ermuthigendes Lächeln und bat ihn, nicht solchen Einbildungen Raum zu geben, aus dem Geschehenen und Unabänderlichen das Beste zu machen, doch vergebens. Der Vicar warf sich auf das Sopha in einem Anfall so grenzenloser Verzweiflung und Selbstanklage, daß es seiner Frau nur mit Mühe gelang, ihn so weit zu beruhigen, daß die Kinder und Bridget nichts merkten. Sie war sich klar, so gut wie er, daß nichts verrathen werden durfte. Kei= ner durfte ahnen, welchen Theil er an der Krankheit des Rectors habe. Daß er die Ursache dazu gegeben, war gewiß, es war eine jener unglücklichen Fatalitäten, die zuweilen geschehen, und die uns lehren sollten, nie etwas Unfreundliches zu thun oder etwas Gutes

zu verſchieben, weil nach dem gewöhnlichen Sprach=
ausdruck:

„Man nie wiſſe, was geſchehen könne."

In dieſem Falle war das Geſchehene nicht zurückzu=
rufen. Es laut zu verkünden, würde ſchlimmer als nuß=
los geweſen ſein und hätte dem Vicar ernſtlich ſchaden
können, beſonders jeßt, wo ſo viel mehr Verantwortlich=
keit ihm übertragen werden würde.

Es war beſſer, daß ſein Zuſammenſein mit dem
Rector — von dem Niemand etwas wußte — bei den
traurigen Geheimniſſen bewahrt würde, deren wohl jedes
Menſchenleben aufzuweiſen hat.

Joſephine ſprach vernünftig mit ihrem Gatten und
es gelang ihr, ihn zu tröſten; nur zu tröſten und
zu beruhigen, mehr war unmöglich. Ihn zum thä=
tigen Thun des Guten zu bewegen, nur um des Gu=
ten willen, ihm Muth einzuflößen zur vollen Beſſerung,
dieſe Hoffnung hatte ſie längſt aufgegeben. Machtlos
war ſie ihn zum Recht anzuſpornen; ſo blieb ihr nur
übrig, ihn vom Böſen fern zu halten — ihn zu ſchüßen,
ſich und Anderen Schaden zuzufügen.

Sie nahm ſeine Hand und ihn mit trauervollem
Mitleid anſehend, ſagte ſie herzlich:

„Edward, ich kann Dich nicht in dieſer Art weiter
reden laſſen; es thut nichts Gutes und erregt Dich nur
noch mehr Das Geſchehene vermögen wir nicht zu
ändern, wir können nur der Zukunft unſere beſten Kräfte
widmen. Bedenke morgen wollte er predigen — der
arme Herr Oldham — Du mußt ſeine Stelle erſeßen
und haſt Dich nicht vorbereitet; ſo fange gleich an!"

Diese Worte gaben dem Gedankengange des Vicares eine andere Richtung. Er ergriff die Idee mit Eifer, und übersah sogleich, welche gute Gelegenheit dies war, sein Rednertalent einmal wieder voll und glänzend zu entfalten. Er wurde ganz heiter.

„Gewiß, gewiß, ich muß meine Predigt entwerfen und sie soll besonders gut werden. Nach dem Ereigniß heute wird morgen die Kirche überfüllt sein, und man erwartet unbedingt, daß ich des traurigen Vorfalles erwähne."

Mit Widerwillen wandte sich Josephine von ihm ab. Dann sagte sie:

„O Edward, sprich nicht davon, und muß es geschehen, so sage recht wenig darüber!"

Dennoch wußte sie, daß ihre Bitte vergeblich war; ihr Mann gehörte zu den Menschen, welche aus ihren Unglücksfällen immer noch Kapital herausschlagen. So saß er die halbe Nacht auf, seine Predigt niederzuschreiben, denn es war in letzter Zeit etwas von dem Elemente der Hochkirche auch in diesen Sprengel eingedrungen, das gegen die extemporirten Predigten sprach. Um zwei Uhr Morgens weckte er seine Frau, ihr die Hauptstellen seiner Rede vorzulesen, die er mit vielem Erfolge und große Bewunderung erntend am nächsten Tage hielt..

Der Text war: „Rühme Dich nicht des morgenden Tages", und seine Bilder von allen möglichen unerwarteten Mißgeschicken waren so treffend und lehrreich, daß sie alle Zuhörer mit Schrecken erfüllten oder zu heiliger Trauer bewegten. Er endete damit, des geliebten Rectors und seiner plötzlichen Krankheit erwähnend, und zwar in so zarter, rührender Weise, daß es kaum ein thränenloses Augenpaar in der Kirche gab — außer vielleicht das von Josephine.

Zehntes Kapitel.

Es giebt ein Sprüchwort, welches zuweilen überraschend wahr zu sein scheint, nämlich: „daß der Himmel sich der Thoren und Trunkenbolde annimmt." Geschieht es aus Mitleid für sie selbst oder für die ihnen Angehörenden, denen sie unabläſſig als eine Züchtigung und Lehre dienen — als das härene Hemd und die Geißel, welche, wie man meint, die Werkzeuge sind, Heilige zu machen? Es ist eine der wunderbarsten Fügungen und geheimnißvollsten Lehren des Lebens, daß aus der Schlechtigkeit der einen Hälfte der Menschen gerade der Edelsinn und die Aufopferung der anderen entspringt. Weshalb dies so ist, wiſſen wir nicht, und zuweilen sind wir in diesem Mangel an Einsicht sehr ärgerlich über die Thatsache, die wir doch nicht fortzuleugnen vermögen.

Wenn Edward Scanlan es auch nicht einräumte, wohl selbst kaum glaubte, so ist es trotzdem wahr, daß die Vorsehung ihn sein ganzes Leben hindurch in besondere Obhut genommen. Sein guter Stern war ihm auch jetzt noch zur Seite.

Als Herrn Oldham's Privatangelegenheiten nun doch seinem Anwalt und seinem Arzte bekannt werden muß-

ten, und beide Herren, welche zugleich die Kirchenväter
der Gemeinde waren und zu ihrem Staunen erfuhren,
daß der Rector seinem Vicar das ganze Einkommen
seiner Predigerstelle gelassen, erhoben sie trotzdem keinen
Einspruch. Der vorliegende Fall gehörte entschieden zu
den Ausnahmsfällen, so daß der Arbeiter seines Lohnes
werth befunden und das Gehalt willig weiter bezahlt
wurde. Es war das Abkommen getroffen, daß der Vicar alle Obliegenheiten und Pflichten des Amtes über-
nahm, bis, nach dem Tode des Herrn Oldham, ihm
wahrscheinlich die Predigerstelle definitiv zufallen würde,
da der Gatte der Lady Emma, Herr Lascelles, sie als
Patronatsherr zu vergeben hatte. Wenigstens vertraute
dies Dr. Waters Frau Scanlan im Geheimen an, und
sie hörte aufmerksam, wenn auch schweigend zu mit
jenem ängstlich erregten Gesichtsausdruck, der sich immer
bei ihr zeigte, sobald man mit ihr über die Zukunft
ihrer Familie sprach.

Die Gegenwart floß glatt und eben genug für sie
und alle ihre Lieben dahin, sorgenloser als seit langer
Zeit. Mochte es der Einfluß seiner Gattin sein und
die Dankbarkeit, daß sie ihm aus seiner Geldverlegenheit
geholfen, ohne ihm einen Vorwurf zu machen, oder
sprach sein Gewissen in Bezug auf des Rectors Krankheit mahnend zu ihm, so viel stand fest, daß der Vicar
sich so gut benahm, sich so thätig, theilnahmvoll und
gütig zeigte, daß der ganze Sprengel seines Lobes voll
war. Seine schon abnehmende Popularität hob sich
zur früheren Höhe wieder empor. Alle Menschen waren
ihm hold gesinnt, auch seiner so arbeitsamen Frau,

welche würdig und ohne Klage ihr schweres Loos trug.
Man hatte durch einen Zufall Frau Scanlan's Be=
ziehungen zu Priscilla Nunn herausgefunden. Die Da=
men ihrer Bekanntschaft, welche sich so oft mit den
schönen Stickereien ihrer Hände geschmückt, blickten jetzt
nicht etwa hochmüthig auf Josephine herab, im Gegen=
theil sie ehrten sie noch höher, und in warmer Sym=
pathie kauften sie immer mehr von Priscilla Nunn, so
daß Frau Scanlan all die ihr zufallende Arbeit kaum
mehr bewältigen konnte.

Als nun auch noch ein zweites Geheimniß auf un=
erklärliche Weise entdeckt wurde, vermuthlich vom Vicar
selbst verrathen, und man hier und dort flüsterte, daß
der arme Herr Scanlan durch seine edle Handlungs=
weise an einem Freunde, für den er Bürgschaft geleistet,
sehr in Verlegenheit gekommen sei, da stieg die Sym=
pathie dieser guten, einfachen, unschuldigen Menschen
„vom Lande" zu einer solchen Höhe, daß man ihn eine
Geldsammlung, welche die nicht unbeträchtliche Summe
von sechszig Guineen erzielte, auf die zarteste Weise an=
zunehmen bat; derselben war ein vollständiger Prediger=
Ornat, eine Bibel und ein Gesangbuch beigefügt und
Alles wurde Herrn Scanlan mit großer Feierlichkeit
überreicht.

Er dankte für die Gabe in einer so langen und
ausdrucksvollen Rede, daß er diese auf den allgemeinen
Wunsch für seine Kosten drucken ließ und überall im
Sprengel vertheilte.

Indessen saß Josephine still in ihrem Häuschen,
emsiger als je mit ihrer Handarbeit beschäftigt. All

die Ehrenbezeugungen, welche außen auf ihren Mann gehäuft wurden, brachten keine Zunahme innen an Comfort hervor; denn die erhöhten Einnahmen ver= mehrten auch die Ausgaben.

Der Vicar ward geblendet und verwirrt durch seine geschmeichelte Eitelkeit und durch den Umstand, nun der alleinige Herr und Gebieter in dem großen Kirch= sprengel von Ditschley zu sein, und in Folge dessen ging er täglich weiter, als seine Mittel es gestatteten, und hörte immer weniger auf die vernünftigen Vorstellungen seiner Frau.

Nicht daß er ihr geradezu widersprochen; nein, wenn solche Sachen zur Sprache kamen, gab er immer zu, sie habe Recht; trotzdem befolgte er niemals ihren Rath und war nie verlegen um Entschuldigungen, daß er es nicht gethan: das Wohl der Gemeinde, das Glück sei= ner Familie, sein Ansehen als Geistlicher, Alles diente ihm zum Vorwande seiner Handlungsweise. Er war nicht aufrichtig genug, zu sagen, ich thue dies und das, weil ich es gern mag, er fand immer eine Ausrede, welche es als Nothwendigkeit hinstellte, und zuletzt hörte Josephine nur noch schweigend und lächelnd darauf. Mit der Zeit lernen die Frauen aus reiner Hoffnungs= losigkeit solche traurige Verstellung.

Dem Vicar „brannte mehr und mehr sein Geld ein Loch in die Tasche“ und täglich ein größeres. Ohne die Einnahmen seiner Frau würde es oft schlecht um die Familie gestanden haben, um die armen Kinder, zu denen außer den vier jüngeren nun schon in Cäsar ein junger schöner Mann und in Adrienne ein zartes, schwächliches Mädchen gehörten, eine Jungfrau, die, trotzdem sie weder hübsch noch interessant erschien, doch an Herz und Gefühl gereifter war, als viele der jungen Damen in Ditschley, die schon alle Gesellschaften besuchten, wohl gar schon verlobt waren. Für die arme Adrienne gab es keine Bälle und kein süßes Liebeswerben. Ihre Mutter war überzeugt, sie würde unverheirathet bleiben; und sie war froh, daß ihre Tochter Niemand sah, der solchen Eindruck auf sie machen konnte, um ihr zartes Herz durch eine unglückliche Liebe zu verwunden, denn Adrienne war eine jener poetischen und warmen Naturen, eines jener Mädchen, welche, ohne nach Glück und Erwiderung zu fragen, lieben, weil sie nicht anders können, und ein solches Gefühl nie überwinden. So war Josephine froh, wenn sie jemals an Derartiges dachte, daß ihr liebes Kind in der Einsamkeit, in welcher sie lebten, vor dieser Gefahr sicher sei.

Mit Cäsar stand es anders; in Beziehung auf ihn war sie stets voll Sorge. Er war ein männlicher, tüchtiger Jüngling; voll Lust am Leben und seinen Freuden, ein Wenig rauh, aber durch seine edle Natur von allem Gemeinen ferngehalten. Doch neigte er sich trotz seiner Mutter Sorgsamkeit durch sein frohes, freimüthiges Wesen zur Geselligkeit und leicht nahm er den Ton seiner Umgebung an. Ungeachtet seines schönen, edlen Aeußeren lag etwas Linkisches und Kleinstädtisches in seinen Manieren, das ihn mehr den Ladendienern und Schreibern von Ditschley ähnlich machte, als dem letzten

Abkömmling des alten vornehmen Geschlechtes der
be Bougainville.

Vielleicht könnte man es eine Schwäche nennen;
aber noch immer hegte diese arme Frau — für welche
der Glanz und das Ansehen ihrer Familie nur noch gleich
einem Traume waren — ihre Liebe für das edle Ge=
schlecht, das durch Jahrhunderte das reinste, lauterste
Princip der Aristokratie bewahrt, dies nämlich: „daß
alle seine Söhne brav und tapfer und alle Töchter
tugendhaft waren." Jetzt freilich war es nicht viel
mehr als ein Märchen, welches sie ihren Kindern er=
zählte, in der leisen Hoffnung, dadurch in ihnen den
wahren Sinn des Adels wach zu erhalten, der aus ihren
Vorfahren so glänzend gestrahlt. Aber wie tief und
bitter fühlte sie dabei, daß die Verhältnisse ihren Kin=
dern ungünstig waren, und daß es fast ein Wunder
sein müßte, wenn sie dieselben so erziehen könnte, daß
sie sich über das Niveau des Alltäglichen erhöben.

Ihrem Gatten schien dies keinen Kummer zu be=
reiten. Nachdem er für einige Zeit ihrem Vorschlage
Opfer zu bringen, um Cäsar auf ein Collegium zu
schicken, geduldig zugehört, verweigerte er seine Einwilli=
gung kurz weg. Da die Sache ihn nicht persönlich be=
traf, beschäftigte sie ihn wenig. Er sah Cäsar selten,
meist nur an den Sonntagen, und da war es ihm fast
störend, sich von einem so großen jungen Mann Vater
nennen zu hören. „Es ließe ihn selbst so alt erschei=
nen," sagte der Vicar einst ärgerlich zu seiner Frau.

Während dieser ganzen Zeit lag der arme Rector
in seinem stillen Krankenzimmer oder man fuhr ihn im

Rollftuhle langfam durch die Gänge feines fchönen Gartens, ein trauriger Anblick, an den fich die Men= fchen indeffen fo gewöhnten, daß er fie nicht mehr an= griff. Da er jede Bequemlichkeit hatte, welche der Reichthum gewähren kann, überließ man ihn ruhig der Sorge feiner alten treuen Diener, bis endlich die er= hoffte Erlöfung kommen würde. Lady Emma, feine nächfte und liebfte Verwandte, obgleich fie nur eine ganz entfernte Coufine von ihm war, eilte bei der Kunde des Unfalles von Wien herbei, blieb eine kurze Zeit im Pfarrhaufe und kehrte dann in die eigene Hei= math zurück, überzeugt, den Kranken nicht wieder lebend zu fehen. Dennoch verzögerte fich fein Sterben; ein Jahr verging, ein zweites brach an und immer noch war er in dem gleichen Zuftande, bei Befinnung, wie man annahm, doch unfähig zu fprechen oder fich zu bewegen. Er aß, trank und fchlief, paffiv, doch ruhig wie ein Kind. Seine Augen hatten oft den klaren, fcharfen Blick von ehemals und felbft feine Mienen drückten Intelligenz und Verftändniß aus, fonft aber war fein Leben leer — ein Nichts. Selbft der Tod fchien ihn vergeffen zu haben.

Jofephine befuchte ihn an jedem Sonntag, dem Tag ihrer Muße und Ruhe, und zugleich dem an Gefchäften reichften für ihren Mann, ein Umftand, der es noth= wendig und weniger auffallend machte, daß fie allein zu ihrem alten Freunde ging — allein gehen mußte.

Als der Vicar fich zum erften Male dem Bett des Kranken genahet, gab derfelbe fo deutliche Zeichen feiner Abneigung gegen die Gefellfchaft des Herrn Scanlan

kund, daß es nöthig ward, allerlei Entschuldigungen zu
ersinnen, um ihn fern zu halten, worin er von Herzen
gern einging. So wurden die förmlichen Besuche der
Condolenz in dem Krankenzimmer, die dort abgehaltenen
Gebete immer mehr vom Vicar bei Seite gesetzt, waren
sie doch nur geschehen, weil er geglaubt, er müsse sich
der Welt gegenüber der Last unterziehen; nur in den
längsten Zwischenräumen ließ er sich noch ab und zu
im Pfarrhause sehen.

In allen Gesellschaften sprach aber der Vicar mit
dem tiefsten Gefühl von seinem Rector und versicherte,
daß sein „theurer würdiger Freund" ganz vorbereitet zum
letzten Gange sei. Als man diese Frage einst Frau
Scanlan vorgelegt, hatte sie geantwortet, daß, wenn
der Rector noch nicht zum Tode vorbereitet gewesen,
es jetzt wohl etwas zu spät sein möchte, damit anzu=
fangen, und daß sie ihrerseits „leben" gerade so be=
deutungsvoll und schwer fände, als „sterben".

Diese Bemerkung wurde wieder als eine der Sonder•
barkeiten der Frau Scanlan bezeichnet und es knüpfte
sich die Meinung daran, sie sei doch nicht so angenehm
und liebenswürdig, wie sie einst gewesen.

Ihre Liebenswürdigkeit, die ihr eigenthümliche, zeigte
sich wohl in dem Krankenzimmer des Rectors, in dem
der alte Herr lebend=todt lag. Er war meist sehr ge=
duldig, hatte wenig Schmerzen und seine frühere Ein=
samkeit mochte ihm die Abgeschiedenheit, in der er nun
dahin vegetirte, weniger schrecklich machen. Er schien
immer erfreut, Frau Scanlan zu sehen. Sie sprach zu
ihm, wenn auch nicht viel — denn es war so traurig,

biefe Monologe zu halten — doch zeigte fein Gesicht
Theilnahme für ihre Unterhaltung, er neigte zuweilen bejahend fein Haupt und versuchte unverständliche Worte
zu stammeln. Wenn fie ihm vorlas, war er besonders
erfreut; auch Josephinen gewährte dies großes Vergnügen, denn seit vielen Jahren hatte sie sich solche Muße
nicht gestattet. Jetzt, da es ein Liebeswerf galt, glaubte
sie ihre anderen Pflichten dadurch nicht zu verletzen und
es war erstaunlich, welche Menge von Büchern sie ihrem
alten Freunde vorlas und wie das sie selbst erfreute.
Zuweilen auch saß sie mit ihrer Handarbeit beschäftigt
an feiner Seite und erzählte ihm, was ihr gerade in
den Sinn kam: Neuigkeiten aus dem Kirchsprengel oder
von ihren Kindern, was sie sagten und thaten, und wie
sie sich je nach ihren Eigenthümlichkeiten entwickelten;
und der Kranke schien von den Kindern gern zu hören.
Josephine zögerte jetzt nicht mehr, von ihnen zu reden,
denn wie auch ihre Zukunft sein mochte, jedenfalls war
sie entschieden. Sowohl ihr Stolz als ihr Zartgefühl
fonnten in Beziehung darauf schweigen, der alte hülflose Mann vermochte nichts mehr zu ändern. Ruhig
hatte sie ihre Ruder eingezogen und ließ sich den Strom
hinabtreiben. Nach Herrn Oldham's Unfall fam eine
Zeit ungewohnten Friedens für Josephine.

Aber es war ein trügerischer Frieden, der nicht
dauern fonnte.

Es giebt ein anderes Sprüchwort — ich fürchte,
ich liebe Sprüchwörter zu fehr —: „Setze einen Bettler
auf ein Pferd, und er wird zum Teufel reiten". Obgleich ich Herrn Scanlan weder mit einem Bettler ver-

gleichen oder dieses unseligen Rittes anklagen will, so
gehörte er doch zu den Menschen, welchen es besser ist,
zu Fuß zu gehen; was hier nur so viel sagen soll, daß
eine zu große Freiheit ihm nicht dienlich war. Als der
arme Vicar, dem seine Obliegenheiten vorgeschrieben
waren, und über den der alte weise Rector die nöthige
Controle ausübte, benahm er sich viel besser als jetzt,
da er, ohne Jemand verantwortlich zu sein, den ganzen
Kirchsprengel regierte.

Er war kein guter Geschäftsmann, da er weder
pünktlich noch accurat war. Klugheit konnte man ihm
nicht absprechen, doch wie fern ist diese noch von Weis=
heit. Und ehe viel Zeit verging, machte der Vicar
manchen dummen Streich, vornehmlich in Beziehung
auf eine Sache, die er besonders haßte: den Puseyis=
mus, wie man diese Lehre jetzt zu nennen begann. Ein
Geistlicher mit der Hinneigung zu dieser Richtung hatte
sich in dem nachbarlichen Kirchspiele niedergelassen und
versuchte verschiedene Neuerungen: Chorgesang, Altar=
ausschmückung und täglichen Gottesdienst, wodurch die
Jugend von Ditschley angezogen wurde. Sie liefen
dem hochkirchlichen Vicar zu, gerade wie ihre Vorgänger
dem jungen evangelischen Vicar Edward Scanlan einst
zugeströmt waren, was dem damaligen älteren Prediger
auch keine Freude bereitete.

Herrn Scanlans Gemeinde fiel von ihm ab, wo=
durch seine kleinliche Eitelkeit aufs Aeußerste verletzt
wurde. Er versuchte sie durch verschiedene Lockspeisen
zurückzubringen; eine neue Orgel wurde angeschafft, ein

Bazar und eine Verloosung von Handarbeiten hergerich=
tet, mannigfache Zerstreuungen und Vergnügungen wur=
den zu kirchlichen Zwecken veranstaltet, welche bei einer
Landgemeinde, die wohlhabend ist und nichts zu thun
hat, so vielen Anklang finden — aber die abtrünnige
Heerde wollte nicht zurückkommen. Endlich ward Herr
Scanlan fast sinnlos durch den Erfolg seines Neben=
buhlers; und die neue Kirche, die demselben, gebaut
wurde, erhöhte diese Stimmung noch; jetzt aber kam
ihm ein glücklicher, rettender Gedanke. Er wollte es
auch mit einem Bau versuchen. Das alte Schulhaus,
aus derselben Zeit stammend wie die Kirche in Ditschley,
bedurfte sehr bringend der Aufhülfe. Der Vicar schlug
vor, es niederzureißen und ein neues zu erbauen, groß
und geräumig und im Gothischen Style, viel schöner
und kostspieliger, als die verhaßte Kirche seines Neben=
buhlers.

Diese brillante Idee brachte ihm all seinen Eifer
und seine sanguinische Energie zurück. Er holte einen
Architecten aus London und mit diesem und dem
Plane zum Bau in den Händen machte er die Runde
durch den Sprengel, Subscriptionen zu sammeln. Ditschley
bewährte auch diesmal seinen alten Ruf der Großmuth
und Freigebigkeit; denn bald war eine bedeutende Summe
zusammen, welche in der Bank von Ditschley nieder=
gelegt ward, unter den beiden Namen des Architecten
und des Schatzmeisters, der natürlich Se. Ehrwürden
der Herr Edward Scanlan war. Es war dies ein sehr
einfaches Verfahren, um das sich Niemand weiter be=
kümmerte, selbst Josephine erfuhr kaum etwas davon.

Ihr Gatte hatte sie wirklich in Betreff des Ganzen im
Dunkel gelassen; es gefiel ihm, Alles selbst zu arrangi=
ren und mit erhabener Miene zu sagen, daß Frauen
von Geschäftsangelegenheiten nichts verständen.

Er war so ganz benommen von seinem Erfolg, daß
es schwer wurde mit ihm im Hause auszukommen; und
auch draußen gerieth er leicht in Zwistigkeiten, weibische
Reibereien, wenn ich mein Geschlecht so kränken darf,
dieses Wortes mich zu bedienen. Aber ich habe soviel
Kleinlichkeit und Neid bei den Männern wie bei den
Frauen gefunden; doch freilich trugen diese Männer nur
noch den Namen solcher, sie waren aller echten Mannes=
würde baar und jämmerliche Egoisten, die nur ihren
eigenen eingebildeten Werth sehen. Wenn solche Un=
glückliche nun Familienväter sind, so mag Gott wissen,
wie das Schiff häuslicher Wohlfahrt mit solchem Steuer=
mann sicher geleitet werden soll. Nichts kann es vom
Untergange retten, wenn nicht eine andere Hand das
Steuer erfaßt, und, obgleich sie zart von Natur, doch
mit jener unsichtbaren Kraft des echten Weibes aus=
gerüstet, mit blutendem Herzen und weinenden Augen
das Schiff weiter führt.

Das hatte die arme Josephine Scanlan trotz aller
widrigen Winde und Hindernisse auf das Beste gethan.
Jetzt aber nahmen ihre Sorgen und Bedrängnisse in
einer Weise zu, daß ihre ermattenden Hände der Auf=
gabe nicht gewachsen waren; die Sterne über ihrem
Haupt leuchteten nicht mehr hell, Alles rings umher
schien in einen düsteren Nebel gehüllt und sie selbst war
mit ihrem Schiffe dem sicheren Hafen ferner als je.

8*

Obgleich, wie schon früher bemerkt, Herr Scanlan
seine Geige an seines Hauses Thüre aufgehängt, so hatte
er doch bis jetzt in der kleinen Welt von Ditschley das
Instrument gut und erfolgreich gespielt. Nun aber
wollte ihm dies nicht mehr glücken wie sonst. Es entfaltete sich in ihm eine gewisse Streitsucht, welche die
Sachsen den Irländern als eigenartig zuschreiben, möglich, daß dem bei der niedrigsten Stufe des irischen
Charakters so ist. Der Vicar gerieth leicht in Hitze
und es schien, als wenn er diese Aufregung liebe, indem
sie die stets lauernde Gereiztheit, welche seine Frau
früher nicht an ihm bemerkt, auf einige Zeit vertilge.
Nach und nach gewöhnte Josephine sich auch an diesen
Fehler, wie an so viele andere ihres Mannes, die gleich
Auswüchsen und Narben in der Rinde eines Baumes
von Jahr zu Jahr größer und häßlicher wurden, so ersichtlich nahmen sie zu, daß selbst die Kinder sie be-
merkten.

Hier war es nutzlos und unmöglich, das hohe Ideal
väterlicher Vollkommenheit, welches das Heil des Fami-
lienlebens ist, aufrecht zu erhalten; der segensreiche Lehrsatz, der Vater könne nicht unrecht thun, ihm müsse ge-
horcht werden, weil er niemals etwas Anderes, als
seinem Kinde Gutes verlangen könne, er müsse geliebt
werden, weil er jedes Glied seiner Familie so innig
liebe — dieser Lehrsatz fand hier keine Anwendung. Die
Kinder des Vicares critisirten heimlich und laut ihres
Vaters Reden und Thun und fanden in ihnen Entschuldigung für ihre eigenen Schwächen und Fehler.

„Papa sagt und thut das auch, und Niemand tadelt ihn
darum — Papa hat es mich geheißen, so mußte ich es
thun" — diese und ähnliche Aeußerungen mußte Josephine oft hören, bis sie fast verwirrt wurde durch den
Conflict, in welchen die zweifachen Pflichten als Gattin
und Mutter sie zogen. Es war dies eine so schreckliche
Lage, daß ich glaube, eine Frau könne kaum ihre klare
Besinnung dabei behalten, außer wenn sie ihre Augen
auf eine noch höhere Pflicht, als jene' beiden, nämlich
auf die, welche sie Gott schuldet, richtet. Aber manches
Jahr hindurch hatte er, der sich selbst den Namen
„Vater" beilegt und verspricht: Ich will Dein „Berather
und Führer" sein — sich vor ihr in Wolken und Dunkel=
heit verhüllt, welche durch ihr schweres Loos herauf=
beschworen waren.

Josephine selbst war sich mit grausamer Schärfe
bewußt, wie sie sich verändert hatte, und immer mehr
veränderte; der Schmerz machte sie bitter, die Freude,
selbst das Vergnügen ihrer Kinder ließ sie gleichgültig;
sie strebte nicht mehr danach, jene Ordnung und An=
muth im Hausstande aufrecht zu erhalten, sondern erlaubte, daß nach und nach jene Nachlässigkeit eintrat,
welche das schlimmste Zeichen der Armuth ist. Die
frische Energie, mit der sie früher zu den Kindern und
Bridget von der Schönheit reiner Kleider und Gesichter
gesprochen, und wie Sauberkeit und Ordnungssinn auch
in dem sparsamsten Haushalte walten könne, alles das
war jetzt vorbei. Sie beklagte sich selten und schalt nie=
mals. Ihrem Manne gegenüber war sie in jene Gleich=

gültigkeit verfallen, welche schlimmer als Gram oder
Aerger ist. Sie nahm wenig Antheil an seinen An=
gelegenheiten und fragte ihn fast niemals danach. Wozu
sollte das nützen, da sie doch seinen Antworten nicht
glauben konnte?

Zuweilen dachte sie mit einem Gefühle bittrer Freude
daran, wie weise es von Herrn Oldham gewesen, daß
er sie zur Bewahrung seines Geheimnisses gezwungen;
wie gut, daß sie es nie verrathen, wenn es nämlich noch
etwas geheim zu halten gab. Darüber konnte sie frei=
lich erst der Tod des Rectors belehren. Er mußte jeden=
falls sein Testament gemacht haben; ob aber Jemand
darum wußte, wer es aufbewahren mochte, davon hatte
sie so wenig eine Ahnung, wie der so oft genannte
Mann im Monde, der gerade so viel Einfluß auf ihr
Geschick zu haben schien, wie irgend ein anderes Wesen
im Himmel oder auf Erden. Josephine fühlte sich täg=
lich vom blinden Zufall dahingetrieben, nicht wissend,
was geschehen werde, oder was sie thun solle.

Zuweilen wenn sie Abends von ihren Besuchen beim
Rector heimkehrte, wünschte sie, sie hätte niemals ein
Wort von seinen guten Absichten in Bezug auf sie ge=
hört; und daß sie ruhig und geduldig als eines armen
Vicares Frau den harten Kampf mit dem Leben ge=
kämpft und ihre Söhne zu Handwerkern, ihre Töchter
zu Putzmacherinnen oder Lehrerinnen gebildet hätte, die
im Schweiße ihres Angesichtes ihr redlich erworbenes
Brot aßen.

Dann, wenn wieder ihr leidenschaftlicher Ehrgeiz für
die geliebten Kinder erwachte, hatte sie ein Empfinden,

als könne sie, um ihnen nur Glück und Reichthum und Alles, was sie ihnen wünschte, zu gewähren, ihre Seele dem Bösen verschreiben, wenn besagte Person ihr, wie dem Dr. Faust, als Versucher erschienen wäre. Sie konnte in solchem Gemüthszustande wohl die Ammen= märchen von behexten Menschen verstehen; denn zuweilen war es ihr, als sei Satan ihr ganz nahe, dürfe nur mit all seinen Attributen aus einem der Büsche vor sie hintreten.

So verging die Zeit. Schon seit zwei Jahren lag der arme Herr Oldham auf seinem Krankenlager, und doch wollte noch kein gütiger Engel erscheinen, die Fesseln zu lösen und die Seele als glücklich und neugeboren aus dieser traurigen Welt in jene Herrlichkeit zu führen. Immer noch lebte die arme Mutter in dem Zustande des Bangens und Hoffens, in dem tiefen, ungelösten Räthsel des Lebens, das oft leben schwerer als sterben macht. Was sollte sie thun, was beginnen mit ihren Kindern?

Sie wuchsen schnell heran. Cäsar war jetzt ein schöner großer Knabe von sechzehn Jahren; sein Aeußeres war sehr vortheilhaft, die Figur kräftig und breit, und die Gesichtszüge trugen den edlen Typus seiner nor= männischen Vorfahren. Wenngleich er nicht geradezu brillant begabt war, besaß er doch klaren Verstand, ein warmes Herz und ein untrügliches Gefühl für Recht und Unrecht, welches ihn veranlaßte, nach Art der Jugend, oft etwas scharf und schroff im Urtheil und Handeln zu sein. Darin wurde er von seiner Mutter eher unter= stützt, als getadelt. Jede Strenge, ja Härte in den

Grundsätzen war ihr lieber, als jene unselige Unschlüssig=
keit und Lauheit, die den Fluch ihres häuslichen Lebens
bildete.

Cäsar und sein Vater waren so ganz verschiedenartig
in ihren Charakteren, daß sie mit den fortschreitenden
Jahren sich immer weiter von einander entfernten. Beide
hielten sich nicht viel zu Hause auf, und wenn sie dort
zusammentrafen, begegneten sie sich mit höflicher Neu=
tralität. Zuweilen jedoch kamen kleine häusliche Zwistig=
keiten vor, und die größte Ursache zum Aerger war des
Vaters Verlangen, daß des Sohnes Schulzeit bald be=
endet werden und er sich sein Brot verdienen solle. Denn
eines armen Vicares Söhne könnten nicht mehr fordern,
als daß der Vater ihnen eine gute Erziehung gäbe; das
Uebrige müßten sie selbst thun.

Die Mutter bejahte dies in lakonischer Weise. Was
konnte sie mehr sagen? Nur that sie ihr Bestes, den
gefürchteten Zeitpunkt so lang als möglich hinauszuschie=
ben, und Cäsar zum fleißigen Schulbesuch anzuhalten,
bis sich endlich etwas entscheiden müßte.

Dahin kam es bald. Eines Abends kehrte Herr Scan=
lan sehr befriedigt nach Hause zurück; der Vorsteher der
Bank von Ditschley hatte eingewilligt, Cäsar als jüngsten
Schreiber anzunehmen und ihm gleich ein kleines Ge=
halt zu zahlen.

Josephine stand wie erstarrt bei der Mittheilung.
Nicht daß sie dagegen gewesen wäre, daß ihr Sohn
sich seinen Unterhalt erwerbe; nein, sie wollte nur, daß
er zuerst eine so gute Ausbildung und Erziehung ge=

nöffe, damit er fähig fei dies auf die paffendfte Art zu
thun und dadurch zugleich geeignet würde in der Zu=
kunft, welche doch möglicher Weife noch glänzend fein
konnte, den rechten Platz einzunehmen. Hier aber trat
wieder wie fo oft ihr unfeliges Geheimniß dazwifchen,
ihren Wunfch auszufprechen und zu erfüllen.

„Es ift ein fehr gütiges Anerbieten," fagte fie zögernd,
„und vielleicht bedenken wir es genauer, wenn Cäfar's
Erziehung beendet fein wird."

„Ich dächte, an dem Punkte wären wir angelangt.
Was foll noch ferner mit ihm gefchehen? Hoffentlich
hängft Du doch nicht dem thörichten Gedanken nach,
ihn auf ein Collegium zu fchicken? Das ift nur für die
Söhne reicher Eltern — Erben von Gütern."

„Was fagt mein Sohn zu dem Allem? Er ift alt
genug, um eine Stimme bei der Entfcheidung feiner
Zukunft zu haben."

Jofephine wandte fich mit diefer Frage zu Cäfar,
der fchweigend und mürrifch zur Seite ftand.

„Nein; Kinder dürfen niemals für fich felbft ent=
fcheiden," entgegnete Herr Scanlan ftreng. „Liebe Frau,
Du fprichft gerade, als wären wir vermögende Leute,
während wir in unferen Verhältniffen doch Alles daran
fetzen müffen, die Knaben fo bald als möglich los zu
werden."

„Unfere Kinder los zu werden!"

„Gewiß. Laß fie fich felbft erhalten und aufhören
dem Vater eine Bürde zu fein. Diefer große Burfche
dort ißt fo viel, wie ein Mann, und feine Schneider=

rechnung ist fast so bedeutend, wie die meinige. Ich würde nur zu froh sein, wenn er sie bald selbst bezahlte."

„Auch ich wünschte dies, Vater!" erwiderte der Knabe bitter.

„Nun, weshalb ergreifst Du nicht die gute Gelegenheit und nimmst die Stelle an?"

„Wünschest Du dort einzutreten? Antworte mir offen und wahr, mein Sohn. Willst Du ein Beamter der Bank werden?"

„Nein, Mutter, ich möchte es nicht," erwiderte Cäsar fest. „Und was noch mehr ist — ich sagte es Papa schon beim Hergehen — ich thue es nicht, Niemand soll mich dazu zwingen."

„Dafür laß mich sorgen," rief der Vater wüthend.

Cäsars Lippen kräuselten sich.

„Vater, an Deiner Stelle machte ich nicht den Versuch."

Es lag nichts Unehrerbietiges in des Sohnes Ton und Wesen, höchstens Gleichgültigkeit. Cäsar schien es nicht der Mühe für werth zu halten mit seinem Vater sich zu streiten, und dieser, besänftigt durch den höflichen Ton, die Worte vielleicht kaum beachtend, mochte auch zögern mit dem Sohn zu zanken.

Sie standen einander gegenüber. Cäsar lehnte sich über den Stuhl seiner Mutter, welche seine Hand verstohlen, wie warnend, drückte. Ein Vater und ein Sohn, die einander ungleicher gewesen, als diese Beiden, konnten kaum gedacht werden. Solche Verschiedenheiten schafft die Natur, und oft verhindert gerade die Erziehung und das stete Beisammensein die Gleichartigkeit, die sie eigent-

lich hervorbringen müßten. Ein Extrem verursacht oft
das andere.

„Cäsar," flüsterte die Mutter, „Du mußt nicht in
dieser Art zu uns sprechen. Sage uns einfach, was Du
wünschest und wir wollen versuchen, es zu erfüllen."

„Papa kennt meine Ansicht; ich theilte sie ihm erst
heute Abend mit," sagte der Knabe sorglos. „Ich bin
bereit, für meinen Lebensunterhalt zu arbeiten, doch nicht
in Gemeinschaft mit den rohen Burschen in der Bank
von Ditschley."

„Rohen Burschen? Sie sind alle die Söhne von
anständigen Leuten und sehr elegant aussehende junge
Männer; mindestens so gut gekleidet wie Du," sagte der
Vater.

„Mag sein. Ich frage nicht viel nach dem Anzuge;
wohl aber danach mit Gentlemen umzugehen, und das
sind sie nicht. Mama würde sie nicht als solche an=
erkennen."

„Weshalb nicht?"

„Sie rauchen, trinken, fluchen, verbringen ihre Zeit
mit Spiel und Müssiggang. Ich kann sie nicht aus=
stehen, und will nicht mit ihnen in Gemeinschaft kom=
men. Gieb mir irgend eine Art an, mein Brot zu
verdienen, sei die Arbeit noch so schwer, nur ehrenhaft
— aber dorthin gehe ich nicht."

Cäsar richtete sich bei diesen Worten zu seiner ganzen
Höhe empor und wandte seine ehrlichen Augen — ein
Erbtheil seiner Mutter — voll und fest auf den „Schöpfer
seines Lebens", wie Poeten und Moralisten sagen wür=

den, in dieses Factum das Recht legend, jedes Opfer, jede Pflicht dafür zu beanspruchen. Dies Recht wird gewährt, wenn der Schöpfer seines Kindes ihm zugleich das gegeben, was edel und groß macht und dem Leben Werth verleiht, sonst darf er dies nicht fordern.

„Mein Sohn," sagte die Mutter, ängstlich bemüht einen Streit abzuwenden, „wie kommt es, daß Du so viel von den Herrn der Bank weißt, Du bist doch niemals dort gewesen?"

„O ja, sehr häufig, mit Bestellungen von Papa."

„Was für Bestellungen?"

Cäsar zögerte mit der Antwort.

„Es war meine Absicht, es Dir mitzutheilen, meine Liebe; doch betraf es eine Sache, für die Du Dich so wenig interessirst. Sie ist auch so ganz unabhängig von Deinen Geschäften mit der Bank; Du weißt, ich sehe es gern, wenn Du die allein besorgst, so weißt Du doch stets, wie es um das Geld steht."

„Was bedeutet dies Alles?" fragte Josephine matt; „Geld —, Geld, nichts als Geld; ich bin schon des Wortes überdrüssig."

„So geht es mir, mein theures Weib, und deshalb spreche ich so wenig davon. Jene Angelegenheit betraf die Gemeinde, Geld, welches zum Bau der Schule erforderlich war, deshalb sandte ich Cäsar ein oder zwei Mal statt meiner."

„Ein oder zwei Mal, Vater! Ich bin ja seit zwei Monaten jede Woche auf der Bank gewesen, ich holte für Dich eins — zwei — ja zweihundertfünfzig Pfund!"

„Du bist ein tüchtiger Rechnenmeister, Du würdest
als Banquier Dein Glück gemacht haben," erwiderte der
Vater und schlug seinen Sohn sanft und versöhnlich auf
die Schulter. „Aber ermüde doch Deine Mutter nicht
mit dergleichen. Ich sagte Dir schon, wir Männer dürfen sie, eine Frau, nicht mit Geschäftsangelegenheiten
quälen."

„Ich will sie gewiß nicht quälen, so weit ich es verhindern kann," sagte Cäsar herzlich. „Aber Mama fragt
mich direct um Aufschluß, und da wäre ein Ausweichen
nicht besser, als eine Lüge gewesen."

„Ja wohl, mein Sohn," entgegnete Josephine mit
einem vor Angst schweren Herzen. Wie sollte sie jemals
an's Ziel gelangen, wie ihre Kinder auf dem schmalen
engen Wege des Rechtes erhalten, während der Vater—

Herr Scanlan schien sich sehr unbehaglich zu fühlen.
Er vermied es, Frau und Sohn anzublicken. Mit Hast
begann er von allem Möglichen zu sprechen, von dem
Bau des Schulhauses und der Verantwortlichkeit dabei,
von all seiner Last und Mühsal damit, wobei ihm Niemand helfe.

„Denn als die Frau eines Geistlichen füllst Du nicht
Deinen Platz aus, Josephine. Du bist mir keine Hülfe,
da Du im Kirchsprengel gar nichts thust, keine Besuche
machst, Dich für nichts interessirst, nach nichts fragst,
also auch nichts hörst."

„Ich will ja gern zuhören," sagte Josephine, sich mit
Anstrengung aus ihrem Sinnen emporraffend; denn die
leise Furcht beschlich sie, daß sie wirklich zu wenig Antheil gezeigt und daß es Dinge gebe, die sie erfahren

müſſe. „Dieſes Geld, welches Cäſar holen mußte, war
alſo für das Schulhaus, die Arbeiter zu bezahlen. Der
Bau iſt wohl ſomit bald vollendet?"

„Vollendet? Nun die Mauern ſind noch ſo niedrig,
daß ich ſie mit Leichtigkeit überſpringen kann, wie Remus
über die von Rom ſprang," rief Cäſar lachend, während
der Vater ſich abwandte, glühend roth vor Verwirrung.

„Ich will nicht ausgefragt und kritiſirt werden, be=
ſonders nicht vor meinem Sohne," ſagte er ärgerlich.
„Cäſar, geh gleich zu Bett!"

Der Knabe ſah überraſcht aus, doch ſchickte er ſich
an, dem Gebot zu folgen; er küßte ſeine Mutter, und
wünſchte dem Vater gute Nacht, höflich, wenn auch ge=
rade nicht ſehr zärtlich. Die Zeit, da Herr Scanlan
ſeine Kinder verzog und liebkoſte, war lange vorbei.

„Vater, ſoll ich noch die Beſtellung an Herrn Lang=
horne ausrichten? Ich bin bereit, ſo viel Geld zu holen,
wie Du verlangſt; nur ſchien es mir, als ſagteſt Du
Jemand, die gezeichnete Summe ſei noch unberührt. Was
ſoll ich antworten, wenn er mich nach den 250 Guineen
fragt, die Du haſteſt?"

Obgleich Cäſar klug war, ſo hatte er doch keine
rechte Einſicht in die Angelegenheit, und er meinte nichts
Böſes, als er auf ſeinen Vater ſeine großen dunklen
Augen fragend, ja forſchend richtete. Dennoch ſchrak
dieſer zuſammen vor dem Blicke und rief voll Schärfe:

„Halt Deinen Mund, Du Einfaltspinſel, was ver=
ſtehſt Du von Geſchäften!"

Unwillkürlich, inſtinctartig wurde Cäſar in dem Mo=
ment Manches klar, mehr verſtändlich, als es einem ſo

jungen Menschen und besonders in Bezug auf seinen Vater dienlich war.

Die Mutter blickte von einem der beiden Männer zum anderen, denn Cäsar konnte schon ein Mann genannt werden, sowohl an Körper als an Geist — sie schaute sie lange an und erzitterte im Innersten ihrer Seele. Gott hatte ihr die schwerste Bürde auferlegt, welche eine Frau treffen kann. Sie mußte es erleben, daß ihr Gatte überwiesen vor dem Sohne stand, den sie ihm geboren.

Wessen überwiesen?

Sie konnte es nicht leugnen, daß sie wenig Antheil an dem Bau des Schulhauses genommen; sie wußte kaum den Grund dazu, nur so viel, daß in letzter Zeit eine unendliche Gleichgültigkeit ihr Interesse an Allem verdrängt hatte, selbst das Leben mit seinen Pflichten vermochte sie kaum aus diesem Zustande zu erwecken. Dazu kam, daß die Projecte ihres Mannes sich so selten realisirten; daher glaubte sie auch nicht an dieses und dachte wenig daran; was sie von dem Bau der Schule hörte, erfuhr sie noch meist von den Bekannten, von ihrem Manne nichts, denn er schien sehr eifersüchtig auf ihre mögliche Einmischung in die Sache. Als sein erster Enthusiasmus sich abgekühlt und die gezeichneten Summen eingezogen und in der Bank niedergelegt waren, sprach er wenig mehr davon.

Jetzt aber mußte Josephine daran denken und fragen, denn plötzlich erschien ihr die ganze Sache in einem sie beängstigenden Lichte.

Wem gehörte das Geld, welches ihr Mann aus der Bank gezogen und, wie es schien, nicht zu geschäftlichen Zwecken, und was hatte er damit gethan?

Sein Ausspruch, daß sie jetzt die Finanzen des Haus= standes regelte, war richtig. Er überließ es ihr schon aus Bequemlichkeit, und ihrer weisen Einrichtung war es gelungen, immer auszukommen, ja, sogar zwei Reisen nach London, welche ihr Mann für unerläßlich noth= wendig hielt, konnten bestritten werden, und Josephine ließ ihren Edward mit ruhigerem Herzen gehen, weil Herr Summerhayes nicht dort war. Der Maler befand sich nämlich schon lange in Rom, und somit hatte sein böser Einfluß über des Vicars schwankende Natur auf= gehört, die jedem Eindruck zugänglich war. Das einzig Tröstliche bei allem Schweren war noch das, ihres Man= nes Neigungen wandten sich nie auf etwas an sich Strafbares. Wozu aber hatte er dieses Geld gebraucht, wofür es verausgabt? So peinlich die Frage war, sie mußte gethan werden. Diese Angelegenheit unerörtert zu lassen, konnte höchst gefährlich sein.

Als Cäsar gegangen, saß Josephine in tiefem Sin= nen darüber, wie es ihr gelingen würde die Wahrheit zu erfahren; denn durch irgend eine kluge Wendung mußte sie immer erst dahin gelangen. Die volle und ganze Wahrheit hatte Edward Scanlan ihr nie in seinem Leben gesagt. Auch jetzt blickte er verstohlen nach der Thür, als möchte er unter einem Vorwande sich ent= fernen; aber in einer regnerischen dunklen Nacht noch fortzugehen, möchte wohl selbst ein unter dem Pantoffel stehender Mann nicht gewünscht haben.

„Ein Pantoffelheld!" wie wir über das Wort lachen
und den verachten, dem es beigelegt wird. Aber bedenken
wir jemals, was für ein Mann dies ist und sein muß?
Ein Feigling, denn nur ein solcher kann sich vor einer
Frau fürchten, sei sie gut oder böse; ein Heuchler und
häuslicher Verräther, dessen eigene Schwäche ihn dahin
sinken läßt, was für ihn vielleicht noch das Beste ist —
ein Sclave zu sein. Wenn die Männer wüßten, wie
alle guten und tüchtigen Frauen Sclaven verachten und
Helden verehren, sie würden nicht diese, sondern sich selbst
tadeln, wenn sie unter den Pantoffel kommen.

Wenige Männer würden in dem Moment so un=
gleich einem Helden ausgesehen haben, wie Edward
Scanlan.

„Möchtest Du nicht zu Bett gehen, meine Liebe? Es
ist schon spät," sagte er sein Licht anzündend.

„Ich kann doch nicht schlafen," erwiderte Josephine
gereizt. Sie war jetzt oft in dieser Stimmung und
nicht immer verschloß sie dieselbe in ihrer Brust, zu=
weilen ward sie sichtbar. Es lag in ihrem Innern eine
kräftige, gesunde Lieblichkeit und Süße, aber trotzdem
glich sie außen einer Frucht, die durch Mangel an Son=
nenschein nicht zur vollkommenen Reife gelangt war
und nicht immer angenehm wirkte. „Wie kannst Du
nur schlafen wollen mit der Angelegenheit auf Deiner
Seele?" fragte sie bitter.

„Welche Angelegenheit, meine Liebe?"

„Edward!" sie blickte ihn scharf und voll an und
versuchte eine List, — ein Kummer, daß sie es mußte —

daß sie, um die Wahrheit zu erfahren, schon that, als wisse sie dieselbe. „Edward, Du hast etwas sehr Schlimmes gethan, indem Du zu Deinen Privatzwecken das Geld erhobest, welches zum Bau der Schule bestimmt war. Wenn nun der Architect und die Arbeiter bezahlt sein wollen, was willst Du thun? Sie werden sagen, Du habest es gestohlen."

Dies machte die ganze Sache in aller Kürze so klar, daß Edward Scanlan erschrak. Sein entsetzter Blick war gleichsam ein Trost für sein Weib, er bekundete wenigstens, daß, was er gethan, nicht aus überlegter Schlechtigkeit geschehen sei.

„Josephine, halt ein! was sagst Du? Gestohlen? Wenn ich etwas von dem Gelde nahm, so brauchte ich es, denn in London wurde es mir knapp und ich wagte nicht, zu Dir zu kommen, Du würdest wieder gescholten haben. Natürlich werde ich die Summe wieder ersetzen, sobald es nöthig. Aber es eilt nicht so, erst in drei Monaten wird Abrechnung gehalten."

„Und dann?"

„O, bis dahin findet sich ein Ausweg. Bitte, quäle mich nicht — ich bin schon geplagt genug. Aber wenn Dir dies auf dem Herzen lag, und Dich so kalt und fremd gegen Deinen Gatten machte, so bin ich fast froh, daß Du endlich gesprochen hast. Weshalb geschah dies nicht früher, es wäre Manches dann leichter für mich gewesen."

Leichter und für ihn! Daran dachte er nur! Die Unredlichkeit, deren er sich schuldig gemacht, und die möglichen Folgen derselben schienen ihn nicht mehr zu be=

rühren, als ob er ein unerfahrenes Kind gewesen. An
sein Gewissen zu appelliren war nutzlos, er schien keine
Ahnung zu haben, welches Unrecht er begangen.

Aber vor seinem Weibe standen die unrechte That
und deren unausbleibliche Folgen im klaren Lichte. Sie
zitterte nicht nur und lehnte sich auf, sie stand wie erstarrt bei der Gewißheit dessen, was ihrer harrte, entsetzt
vor dem Manne, dem ihr ganzes Sein verbunden war,
den sie so unüberlegt zu ihrem Gatten, zum Vater ihrer
Kinder gemacht. Wie wenige Frauen bedenken dies, ehe
sie heirathen, und es müßte bedacht werden. Der Vater
ihrer Kinder, von dem auf die Lieblinge erbliche Anlagen, Laster und erbliche Strafen kommen können —
wenn in diesem Lichte die Sache angesehen würde, so
fürchte ich, daß manch ein schöner, angenehmer Mann
von einer braven Frau, und mit Recht, zurückgewiesen
werden würde.

Das war für Josephine zu spät, ihr Loos war lange
entschieden. Ihr blieb nichts, als durch die einzige Macht,
welche sie über ihren Gatten besaß, indem sie ihm klar
machte, was er gethan, ihn aus Furcht und Angst zum
Bekennen der Wahrheit zu bewegen.

„Edward," begann sie nach einer Pause, „nichts kann
mehr diese Sache zu einer leichten für Dich machen. Es
ist nutzlos den Thatbestand verhüllen zu wollen. Du
kannst die entlehnte Summe niemals aus Deinen eigenen
Mitteln bezahlen, und wenn die Rechnungen für den
Schulbau eingehen und Du das dazu bestimmte Geld
verbraucht hast, so wird man Dein Handeln mit dem

9*

sehr häßlichen aber wahren Namen einer Unterschlagung bezeichnen."

Der Vicar fuhr entsetzt von seinem Sitze empor.

„Du scherzest — aber es ist ein grausamer Spaß Deinen Gatten einen Schurken, einen Dieb zu nennen."

„Ich nannte Dich nicht so. Ich glaube nicht, daß Du stehlen würdest — mit Vorbedacht, und für einen Schurken bist Du zu einfältig. Aber nicht Jeder wird diesen Unterschied machen. Wenn Jemand für sich eine Summe verbraucht, zu deren Verwalter er nur bestimmt war, und besonders wenn es öffentliche Gelder sind, so wird das Publikum es als einen Diebstahl betrachten und er muß wegen Unterschlagung bestraft werden."

Ihr Gatte hatte Josephinen zuweilen „Themis" ge= nannt, und sie war der strengen Göttin nicht unähnlich, als sie jetzt so hoch und gerade vor dem erschrockenen Manne stand, der mit jeder Minute ängstlicher wurde; denn er wußte, daß seine Frau niemals in's Blaue hin= ein sprach, oder Effect machen wollte, wie er es so gern that.

„Wie kannst Du mir solche Dinge sagen, Josephine? Aber ich glaube sie nicht; sie sind nicht wahr."

„Dann frage Herrn Langhorne, irgend einen Rechts= anwalt, ja nur jeden braven Menschen."

„Wie könnte ich wagen zu fragen?"

„Das spricht für die Wahrheit meiner Worte. Wenn Du nicht unrecht gethan, würdest Du die Frage nicht scheuen."

Ihr ruhiger, leidenschaftsloser Ton wirkte mehr, als

ein Ausbruch des Zornes. Er war überzeugt, daß seine Gattin Recht habe, und eine überwältigende Angst erfaßte ihn.

„Und wenn Du Recht hättest, ich könnte das Geld nicht zur erforderlichen Zeit zurückerstatten und es würde bekannt — was würde mir geschehen?"

„Du würdest in's Gefängniß kommen, verurtheilt, vielleicht deportirt werden."

„O, Josephine! Und Du kannst mir solche Dinge ruhig sagen, mir, Deinem Gatten? Vermagst Du mir nicht zu helfen, hast Du mich schon verlassen?"

Ganz zerschlagen und überwältigt von seiner Angst, warf er sich ihr zu Füßen, umklammerte ihre Kniee, wie eines ihrer Kinder vielleicht gethan, und brach in ein leidenschaftliches Weinen aus.

Arme Josephine, was konnte sie thun? Nichts als wie mit einem Kinde mit ihm verfahren — mit ihm, ihrem elenden Gatten; sie tröstete und beruhigte ihn in ihrer mütterlichen Weise, sie versuchte nicht einmal Vorwürfe oder Vorstellungen, sie wären doch fruchtlos gewesen. Es war klar, seine Handlungsweise trat zum ersten Male im rechten Lichte vor ihn hin und da ward er durch die Einsicht überwältigt. Er zitterte vor Angst und Schrecken und stammelte:

„In's Gefängniß! ich wollte nichts Uebles thun, und doch werden sie mich einstecken. Ich werde dort sterben, ja ich weiß, daß ich dort sterbe, und Du wirst eine Wittwe sein — eine Wittwe, hörst Du mich, Josephine?"

Hierauf folgten neue Ausbrüche jämmerlicher Angst.

Einige Male schaute seine Gattin forschend auf den

Klagenden, um wenn möglich zu entdecken, wie viel
bei seiner Angst und Aufregung Wahrheit oder Ver=
stellung sei.

Edward Scanlan war zu schwach, um geradezu ein
ordentlicher Schurke zu sein; wenigstens wäre es nie
seine Absicht gewesen. Aber diese unbewußten Sünder
thun den meisten Schaden, weil man keine der gewöhn=
lichen Strafen gegen sie anwenden kann. Man vermag
sich gegen einen richtigen Bösewicht zu vertheidigen, aber
gegen einen Menschen, der Allem gegenüber, dessen man
ihn beschuldigt, „peccavi!" ruft und sich all der Sün=
den gegen die zehn Gebote bekennt, sie aber trotzdem
morgen wieder begeht — was soll man mit dem thun?

Frau Scanlan war machtlos. An diesem Abend
konnte sie nichts weiter sagen, es wäre ihr gewesen, als
schlüge sie einen Gefallenen. Sie vermochte nichts, als
ihren Mann in seiner heftigen Aufregung zu beruhigen,
dann schickte sie ihn zu Bett und saß an seiner Seite,
bis er bald einschlief, wobei er ihre Hand fest hielt.

Unglückliche Gattin — arme Mutter! Himmel und
Erde schienen ihr gegen sie im Bunde zu sein, als sie
so in der Stille der Nacht ruhig saß, regungslos, um
den Schlafenden nicht zu wecken, und innen doch so
heftig bewegt, Alles überdenkend, was geschehen und noch
kommen konnte. — Im ganzen Hause war nur sie wach,
und still saß sie am Lager ihres schlafenden Gatten, bis
der Morgen mit leisem Schein hereinbrach und die
Linien der Berge sichtbar wurden, hinter denen das Meer
lag, welches sich um ihr schönes Vaterland, das geliebte
Frankreich schlang, das Land ihrer Vorfahren.

„Warum, o warum ward ich jemals geboren?" rief sie voll Todespein in ihrem Herzen.

Ach, nicht hier, nicht in diesem unvollkommenen, oft verschleierten Leben darf man die Antwort auf solche Frage erwarten.

Elftes Kapitel.

Trotz ihrer Erfahrungen über den Charakter ihres Mannes hatte Josephine dennoch gehofft und erwartet, daß er am Morgen nach dem stürmischen Abend mit vollkommener Klarheit über die Lage, in der er sich befand, erwachen, daß er auf vernünftige Rathschläge hören und Hülfe annehmen würde, wenn er sich nicht selbst zu helfen im Stande war. Doch weit gefehlt, er umging dies Alles.

Er erhob sich nach der ruhig durchschlafenen Nacht, als sei gar nichts vorgefallen; er vermied jeden Hinweis auf unangenehme Dinge, ja sogar jeden Moment des Alleinseins mit seiner Gattin. Nach einem ganz tüchtigen Frühstück verließ der Vicar eilig das Haus und nahm Cäsar mit sich, jedenfalls nur um zu verhindern, daß die Mutter mit ihrem Sohne reden könne.

Als Josephine dies bemerkte, wurde ihr das Herz wieder härter. Die Milde und Weichheit, welche sie erfaßt, als sie an der Seite des schlafenden Mannes saß und sich bemühte, nicht zu vergessen, er sei ihr Gatte und sie müsse ihm helfen, ihn retten vor den Folgen seiner Thorheit, wenn sie sein Thun nicht mit schlimmerem Namen nennen sollte — diese milderen Gefühle

verstummten. Es ging eine Wandlung in ihrem Innern
vor, und die Pläne, welche sie entworfen, die Opfer,
die sie bringen wollte, schienen ihr jetzt verlorene Mühe,
verschwendete Liebe.

Zum Mittagessen kehrte der Vicar nicht zurück, wohl
aber Cäsar. Er war nicht zur Schule gewesen, sondern
hatte verschiedene Briefe für seinen Vater austragen
müssen. „Bettelbriefe" waren sie in einem der Häuser
genannt worden, und da der stolze junge Mann den
Ausdruck gehört, als er im Vorzimmer wartete, kam er
in glühender Indignation heim, die er der Mutter zu
verbergen eifrig bemüht war, was ihm aber nicht ganz
gelang.

„Weshalb mußte Papa »betteln?« und zwar um
Geld, ich weiß, es war Geld, denn ich brachte ver=
schiedene Fünfpfundnoten später zur Bank," sagte Cäsar
noch empört.

„Sie waren gewiß für die Schule bestimmt," er=
widerte die Mutter besänftigend; trotzdem ahnte sie,
daß ihr Mann das System schwacher Menschen befolgt,
die, um Peter zu bezahlen, Paul brandschatzen oder be=
rauben, und daß er, um seine unerlaubten Ausgaben zu
decken, neue Subscriptionen gesammelt habe. Josephine
versuchte so viel als möglich von ihrem Sohne zu er=
fahren, und beruhigte ihr Gewissen mit der Nothwendig=
keit einer solchen Handlungsweise, aber Cäsar war sehr
unmittheilsam. Er war unfehlbar verpflichtet worden,
so wenig als möglich zu verrathen, was er im Auftrage
seines Vaters hatte thun müssen, und da er ein Knabe
voll hohen Ehrgefühles war, blieb er standhaft, so schwer

es ihm wurde, den Fragen und Bitten um Wahrheit
seiner von ihm leidenschaftlich geliebten Mutter zu wider=
stehen. Endlich sagte er ganz entschieden:

„Liebe Mama, verlange nicht Auskunft von mir.
Frage den Vater nach dem, was Du wissen willst!“

Mit diesen Worten ging Cäsar eilig von dannen.
Da ergriff Josephine eine mächtige Furcht, eine Angst,
die nur Frauen und Mütter, welche ihre Verantwort=
lichkeit für die ihnen anvertrauten jungen Seelen fühlen,
begreifen können.

Es kommt in dem Leben der meisten Frauen eine
Krisis — ich meine der unglücklich verheiratheten —
da die Gattin in der Mutter aufgeht; indem der gött=
liche Instinct des Beschützens ihrer Kinder, welchen die
Vorsehung selbst in ihre Herzen gelegt, in einigen so=
gar tiefer wurzelnd, als die eheliche Liebe, sich so stark
entfaltet, daß jedes andere Gefühl sich davor beugen
muß. Ich behaupte nicht, es müsse so sein, ich weiß
nur, daß dem so ist, und ich glaube, es giebt Verhält=
nisse, welche solches Empfinden rechtfertigen, denn von
ihm hängt die Rettung, das Heil der Kinder ab.

Eine kluge und brave Frau sagte einst zu mir:
„Wenn Sie jemals zwischen dem Alter und der Jugend
zu wählen haben, so retten sie den jungen Menschen.“
Wagt wohl einer den Lehrsatz aufzustellen: „Wenn eine
Frau zwischen dem Gatten und den Kindern wählen
soll, so rette sie die Kinder!“ Ich glaube, es zu wagen.
Meine Meinung ist die: wenn die Erfahrung langer
Jahre alle Hoffnung ertödtet, daß der Vater sich noch
bessern könne, und sein beständiger böser Einfluß im

Vereine mit ererbten Anlagen den Kindern immer ge=
fährlicher wird, so ist es die Pflicht der Mutter, diese
vor dem Verderben zu schützen, ja selbst wenn sie den
Mann, auf welchen sie einst alle ihre Hoffnungen setzte,
verlassen und die Heimath mit der Rettung des Lebens
allein fliehen muß.

Auf welche Weise Josephine Scanlan endlich zu
diesem Entschluß kam, weiß ich nicht. Aber es muß
eine furchtbare Zeit für sie gewesen sein, die der ersten
schrecklichen Kunde von der Verausgabung des Geldes
folgte, als sie sich auf alle mögliche Weise bemühte,
ihres Mannes Vertrauen zu gewinnen und ihn zu der
Einsicht zu bringen, daß Sünde wirklich Sünde und
nicht nur „Unglück" sei, ja, daß er, statt die Augen gegen
die Folgen seines Thuns zu schließen, kräftig und
energisch für Abhülfe sorgen müsse. Doch all ihr Reden
und Bitten war vergebens. Wilde und schreckliche Ge=
danken nahmen jetzt Besitz von ihr und verfolgten sie
Tag und Nacht, bis sie zu einem bestimmten Vorsatz
wurden.

Sie wünschte nur ihre Kinder ganz für sich selbst
zu haben, mit ihrer Händearbeit für sie alle Brot zu
schaffen, und sie, wenn auch in Dürftigkeit, doch redlich
zu erziehen; fern von Schulden und Gefahren, fern
von Lüge und religiöser Scheinheiligkeit, von schwacher
Erbärmlichkeit, die oft so schlimm wie Schlechtigkeit ist,
fern von dem Allen sollten sie erzogen werden.

Josephine wollte ihrem Gatten kein Leids zufügen,
sie hatte sich über kein persönliches Unrecht gegen sie zu
beklagen, sie wünschte nur von ihm zu fliehen, wie man

vor Pocken oder Scharlach oder sonst einer anderen ansteckenden Krankheit zu entfliehen sucht. Sie wollte die geistige Gesundheit der ihr anvertrauten jungen Leben vor dem verderblichen Einflusse retten.

Ich table sie nicht, ich bemitleide sie nur. Es muß ein furchtbarer Kampf gewesen sein, ehe sie zu dem Entschlusse kam — dem gewiß schwersten für eine Frau, dem Gatten gegenüber, den sie einst geliebt — ihn zu verlassen.

Wie und wann es geschehen sollte, auf welche Weise es ihr möglich sein würde, die Kinder und sich zu erhalten, ohne einen Heller von dem Vater anzunehmen — und dazu war Josephine fest entschlossen — das lag noch in Dunkel vor ihr; aber als der Gedanke nicht als ein Unrecht, sondern als eine Pflicht sie erst einmal erfaßt, gewann er von Tag zu Tag an Stärke.

Kein Gegeneinfluß machte sich geltend. Ihr Gatte zeigte sich entschlossen, ihr auszuweichen; er wurde gereizt durch die leiseste Einrede, und die übelste Laune ergriff ihn, so bald sie nur von fern auf den Punkt hinzielte, welcher gleich dem Schwerte des Damocles über seinem Haupte hing. Er sah es nicht; eine mehr als ihm sonst eigene Fröhlichkeit bekundete sich in seinem ganzen Wesen. Die Eröffnung der neuen Schulen wurde so festlich begangen, wie es mit der Krankheit des Rectors vereinbar war, und voll hoher Selbstbefriedigung nahm der Vicar den Tribut der Dankbarkeit des Kirchsprengels für seine „unvergleichlichen Bemühungen" hin.

Diese Ovation wurde in Gestalt eines öffentlichen

Frühstückes dargebracht, zu welchem der Vicar mit seiner ganzen Familie geladen war, und bei dem Josephine alle die Glückwünsche der Gemeinde entgegen nehmen mußte. Dr. Waters selbst überreichte der Frau des Vicares ein schönes Silbergeschenk und sprach dabei die Hoffnung aus, daß diese so elegant gebauten Schulhäuser, welche ihrem Gatten alle Ehre machten und seinen Namen auf einem ihrer Ecksteine trugen, diesen Namen der Nachwelt überliefern würden, gerade wie die drei braven und guten Söhne dieses Vaters es thun würden. Schweigend natürlich hörte Cäsar diese Rede an, aber sein Gesicht zeigte einen Ausdruck, den das eines Kindes beim Lobe seines Vaters nicht hätte tragen sollen.

Wie aber sollte die arme Mutter dies ändern? Sie konnte ihrem Sohn den Vater nicht als einen Helden, ja nicht einmal als einen braven, ehrenhaften, des Vertrauens würdigen Mann hinstellen. Sie konnte ihn nichts lehren in Beziehung auf diesen Vater, sondern mußte ihm überlassen, Alles selbst herauszufinden, und dabei baute sie auf Gottes Güte, daß ihr Knabe gerade vielleicht durch den Gegensatz die rechte Lehre empfinge.

Als sie an dem Abend auf Cäsars Arm gestützt — er war schon größer als die Mutter — heimging, war ihr Entschluß gefaßt.

Ihr Sohn erzählte ihr, daß in vier Wochen die Rechnungslegung über den Schulbau stattfinde, und Herr Langhorne zum Vorsitzenden bestimmt sei.

„Weiß Dein Vater darum?" rief Josephine, durch die so nahe Gefahr ihre Vorsicht vergessend.

Cäsar bejahte es; meinte aber, der Vater kümmere sich nicht darum. Und obgleich der Jüngling nichts weiter sagte, merkte man doch, er sei der Ansicht, der Vicar müßte nicht so sorglos sein. Wie er Kenntniß von Allem erhalten, danach wagte die Mutter nicht zu fragen; doch auch ohne dies lag es klar zu Tage, der Sohn wisse, daß sein Vater ihm nicht gehörende Gelder verausgabt habe. Auch daß Cäsar sich darüber sehr abängstigte, ward Josephinen verständlich, und um so mehr, da er nicht wie sonst in seinen Bedrängnissen mit seiner liebsten Vertrauten, der Mutter sprechen durfte.

Der Vater schien ihn sehr tief in sein Vertrauen gezogen zu haben, so daß Josephine davor zitterte. Von einer leisen ahnungsvollen Furcht ergriffen, daß seine Kinder sich bald von ihm wenden könnten, war der Vicar in letzter Zeit liebreicher zu ihnen gewesen. Obgleich Cäsar voll Angst und Sorge war, so hatte doch die zarte Schmeichelei, als ein Mann behandelt zu sein, mit dem der Vicar mehr als mit seiner Frau berieth, ihre Wirkung auf ihn nicht verfehlt. Und konnte es bei einem Jüngling von sechszehn Jahren anders sein? Wenn Josephine das erwog und wohin dieses unselige Vertrauen führen könne, fühlte sie ihre Sinne schwinden.

Einige Stunden später kam ihr Mann nach Hause, ganz entzückt von dem genossenen Triumph. Er strahlte von befriedigter Eitelkeit, und erzählte immer fort von seinem Erfolge und seiner wieder gewonnenen Popularität, von dem Siege, den er über seinen „hochkirchlichen" Nebenbuhler davongetragen und dessen Zeuge jener gewesen. Er bewunderte das silberne Ehrengeschenk und

ging in dem kleinen Zimmer auf und nieder, unaufhör=
lich von sich und seinen erstaunlichen Thaten redend, in
einer Weise, über welche Bridget sich folgendermaßen
ausdrückte: „Man hätte glauben können, die Erde sei
nicht gut genug für solchen Helden gewesen." Sie wun=
derte sich nur, weshalb der Herr nicht seine Flügel aus=
spannte und zum Monde oder sonst irgendwo hinflöge,
damit die Familie wenigstens in Ruhe Thee trinken
könnte.

So urtheilte die witzige und scharfe Dienerin über
das Betragen des Vicares; was mußte seine Frau, die
tiefer in Alles eingeweiht war, darüber denken und
fühlen?

Zuerst erfaßte sie eine Regung der Verachtung und
des Zornes; der Wunsch erstieg, daß sie den Vater vor
seinen Kindern verbergen könnte, die, wie sie wohl be=
merkte, ihn alle voll Staunen anblickten und sein selt=
sames Benehmen kritisirten, mit jener Kritik, der die
Jugend sich so leicht hingiebt, besonders wenn sie inne
wird, daß das Götzenbild der Vaterschaft keine unfehl=
bare Gottheit ist. Es kommt später eine Zeit, da wir,
vornehmlich wenn wir selbst Eltern sind, eine Art zärt=
liches Mitleid für das gestürzte Götterbild empfinden;
doch Anfangs ist dem nicht so. Das junge Herz ist so
fest und streng in seinem Urtheile, wie das junge Ge=
wissen zart ist. Sobald Kinder aufhören anzubeten,
werden sie Bilderstürmer.

Adrienne beobachtete ihren Vater mit einem halb
vorwurfsvollen Blick in ihren großen erstaunten Augen,
doch die anderen Kinder lachten oder lächelten über ihn.

Endlich stand Cäsar auf und verließ den Tisch, und in=
dem er die Thür des Zimmers hinter sich zuwarf, mur=
melte er, daß er nicht glaube, dies Leben im Hause noch
länger zu ertragen. Sobald es ihr möglich war, ent=
fernte Josephine ihren Mann aus dem Familienkreise,
sie führte ihn in's Freie, damit die frische Abendluft
ihm den Kopf kühle, der heiß und berauscht von allen
ihm gewordenen Huldigungen war.

Lange ging sie schweigend auf und nieder mit ihm,
während sie versuchte, das, was sie ihm zu sagen hatte,
in der mildesten und doch eindringlichsten Weise vorzu=
bringen, und dabei bemühte sie sich ein Gefühl tiefen
Widerwillens zu überwinden, das sie zuweilen erfaßte,
eine Art moralischer Krankheit, welche selbst das Ver=
trautsein mit dem laxen Wesen ihres Mannes nie ganz
bannen konnte.

Wir sind Alle daran gewöhnt an unseren Verwand=
ten und Freunden Schwächen und Fehler zu sehen und
zu ertragen; denn wir selbst sind ja, auch wenn wir
es nicht glauben, nicht fehlerlos. Aber wie anders ist
es, wenn ein Verbrecher uns angehört, nicht Jemand,
der vielleicht unschuldig eine Strafe erlitten, sondern
wirklich schuldig und dem Gesetz verfallen ist, und wenn
wir gegen ihn nun noch immer jene Pflichten zu er=
füllen haben, die nichts zerstören kann, und ihm jene
Liebe und Zärtlichkeit beweisen sollen, welche selbst die
Schuld nicht austilgen soll — wie dann?

Frau Scanlan fragte sich, wenn irgend ein Fremder
wie ihr Edward gehandelt hätte, was sie für ihn ge=
fühlt und wie sie ihn beurtheilt haben würde. Zweifel=

los würde sie jeden Umgang mit ihm abgebrochen, ihre
Kinder vor seiner Nähe behütet haben, und wenn sie
ihn bemitleidet hätte, würde sich doch Verachtung in
dieses Empfinden gemischt haben. Jetzt — o über die
Schwäche des weiblichen Geschlechtes — obgleich sie
daran dachte ihren Gatten zu verlassen, vermochte sie
ihn doch nicht zu hassen. Wie manche Entschuldigung
fand ihr Herz für ihn. Er war ja so schwach im Wol=
len, so achtlos, welche Folgen sein Handeln haben würde;
weshalb hatte die Vorsehung ihn so und sie gerade zum
Gegentheil gemacht, weshalb hatte sie jenes fast zu
schroffe Gefühl für Recht und Unrecht in ihrer Seele,
das zugleich ihr Schutz und ihre Qual war, und sie all
die Irrthümer derer, die sie liebte, so genau sehen ließ,
ihr die eigenen vergrößerte, um sie peinlich darunter
leiden zu lassen?

Vielleicht befand sie sich jetzt im Irrthum, vielleicht
war sie zu streng und hart gegen ihren Mann gewesen
und hatte ihm die Tugend durch zu vieles darüber Pre=
digen abstoßend gemacht? Jetzt durfte sie nicht mehr
reden, sondern mußte handeln. Sie hatte schon einen
Plan entworfen, um ihn aus der gefahrvollen Lage zu
befreien; wenn er darin willigte, gut — wenn nicht —
Aber darüber hinaus durfte sie nicht blicken, sie wagte
es nicht.

„Edward," sagte sie leise und ihre Stimme war so
sanft, daß sie ihr selbst wie die einer Heuchlerin klang,
„Edward, geh noch nicht in's Haus, wir haben jetzt sel=
ten einen gemeinschaftlichen Spaziergang."

Der Vicar willfahrte ihrem Wunsch. Er war in

der besten, heitersten Laune, man hätte denken können, die ganze Welt liege ihm zu Füßen. Welche Zweifel ihm immer aufsteigen mochten, an sich selbst zweifelte er nie. Mit dem vollsten, eitelsten Siegesbewußtsein sprach er zu seiner Frau von Allem, was er für die neuen Schulen gethan und noch zu thun beabsichtigte.

„Sind aber alle Rechnungen bezahlt — hast Du das Geld, welches Du entlehntest, zurückerstattet?"

Sie that die Frage nicht im anklagenden Tone, nur um Auskunft bittend, und er erwiderte leicht hin:

„Nein — noch nicht Alles. Ein kleines Deficit wird sich vorfinden, das ich aber Herrn Langhorne leicht er= klären kann. Er wird es nicht so streng mit mir neh= men, mit mir, der ich so über meine Kräfte im Dienste der Gemeinde gearbeitet habe und Anfangs so schlecht besoldet war. Es wird sich schon Alles machen. Sorge Dich doch nicht um solche Kleinigkeit!"

„Eine Kleinigkeit!" wiederholte Josephine, und sie wußte kaum, ob sie mit einem Kinde oder mit einem Manne ohne alle Grundsätze zu thun habe, der seine unrechte Handlungsweise unter kindischer Einfalt verbarg. „Ich fürchte, Edward, Du betrügst Dich selbst; die Leute werden die Sache als keine Kleinigkeit ansehen."

„Nun als was sonst? So sprich doch, Du mich und Dich quälende Frau!"

„Sie werden meine Ansicht theilen. Wozu aber soll ich wiederholen, was ich schon oft gesagt. Wir haben auch nicht mehr Zeit zum Reden, wir müssen handeln. Cäsar theilte mir mit" —

„Was hat der einfältige Junge Dir erzählt?"

„Aengstige Dich nicht; nur das, was wohl alle Welt
weiß, daß Herr Langhorne nächstens die Rechnungslegung
revidiren wird, um sie dann zu veröffentlichen. Ist
dem so?"

„Ach, so laß mich doch in Ruhe, Du quälst mich
doch unabläßig, Josephine. Warum überläßt Du ei=
nen Mann nicht sich selbst?"

„Ich würde es gern, wenn dieser Mann nicht mein
Gatte, der Vater meiner Kinder wäre. Edward, ant=
worte mir, hast Du bedacht, was geschehen muß, wenn
Deine Rechnungslegung unrichtig befunden wird und
Du das Deficit nicht decken kannst?"

„Früher oder später werde ich aber dazu im Stande
sein. Natürlich muß ich dafür haften, das will ich
Langhorne gern zugestehen. Er wird die Sache ver=
tuschen, er würde es mit mir nie zum Aeußersten treiben."

„Weshalb nicht?"

„Meine Stellung als Geistlicher" —

„So, also ein Geistlicher kann sich Dinge erlauben,
welche man bei jedem Anderen Schwindelei, Betrug
nennen würde? Verzeih" — und Josephine bemühte sich
ihre leidenschaftliche Aufregung, unter der ihr ganzer
Körper zitterte, zu unterdrücken. „Ich wollte nicht harte
Worte brauchen, doch muß ich mich deutlich erklären.
Trotz Deiner Ansicht von der Sache bin ich überzeugt,
daß Ditschley sie anders aufnimmt, und daß Herr Lang=
horne, dessen peinliche Rechtlichkeit bekannt ist, der so
lange Jahre öffentliche Gelder verwaltet, sich wider Wil=
len gezwungen sehen würde, Dich trotz Deines geist=
lichen Standes der Unterschlagung wegen verhaften zu

laſſen. Es möchte Dir doch im Gefängniß nicht ſehr behagen."

Edward Scanlan fuhr zuſammen.

„Unſinn, Du ſprichſt wohl im Fieber!"

„Durchaus nicht, ich rede nicht in's Blaue hinein, ſondern ſtütze mich auf die unvermeidlichen Folgen von Thatſachen."

„Wie kannſt Du das ſo genau wiſſen? Du biſt doch nicht ſo wahnſinnig geweſen, Jemand um Rath zu fragen?"

„Eine Frau müßte wirklich den Verſtand verloren haben, wenn ſie Jemand Fremdes conſultiren wollte ge= gen ihren Gatten. Aber ſie muß ſich und ihre Kinder beſchützen und retten, wenn dies noch möglich iſt. Ich borgte mir ein Geſetzbuch und fand darin Auskunft über dieſen Punkt — und über noch manches Andere."

„Ich ſagte ſtets, Du ſeiſt eine ſehr kluge Frau, viel zu geſcheidt für einen armen Menſchen wie ich."

Edward's Worte, ſo bitter ſie waren, enthielten noch eine geheime Liſt, ſie berührte ſeiner Frau Großmuth, und er wußte dies.

„Ich bin nicht klug, ich bilde mir nicht ein, es zu ſein," rief ſie warm. „Ich bin nur eine redliche Frau und bemühe mich meine Pflichten gegen den Gatten und meine Kinder zu erfüllen, und das iſt ſchwer — ſchwer. Du kannſt mich oft faſt von Sinnen bringen. Edward, weshalb willſt Du nicht auf mich hören, mir nicht vertrauen? Welchen Grund könnte ich haben Dich zu „plagen," wie Du es nennſt, wäre es nicht zu Dei= nem und der Kinder Beſten. Gott weiß es, wäre es

nicht das, was mich noch aufrecht erhielte, so würde
ich Alles seinen Gang ruhig gehen laffen, und mich hin=
legen zu sterben; denn ich bin so müde, so müde."

Als sie so dastand, ihr Antlitz der scheidenden Sonne
zugewandt, da vermochte selbst das rosige Licht nicht die
abgespannten Züge zu verklären oder zu verjüngen, und
in dem dichten schwarzen Haar zeigten sich viele Silber=
fäden. Josephine war an der schlimmsten Krisis für
eine schöne Frau angelangt, die weder jung noch alt ist,
noch nicht einmal die Anmuth des Mittelalters erreicht
hat; sie war vor der Zeit verblüht, wie die Bäume nach
einem sehr heißen trocknen Sommer nicht die lieblichen
Tinten der herbstlichen Färbung annehmen, sondern gleich
zum winterlichen Verfall übergehen.

Ihr Gatte blickte sie lange an und sagte dann, viel=
leicht in übler Laune, vielleicht auch in seiner gewohnten
unüberlegten Art:

„Mein Himmel, Josephine, wo ist Deine Schönheit
geblieben?"

Sie wandte sich ab; sie müßte kein Weib gewesen
sein, wenn sie den Pfeil nicht gefühlt, doch drang er
nicht mehr in ihr Herz. Seit langer Zeit fragte sie
nicht mehr nach ihrem Aussehen, und jetzt war sie zu
sehr mit anderen schweren Sorgen beschäftigt, um sich
viel darum zu kümmern, wie ihr Gatte darüber denke.
Erst später fielen ihr die bitteren und groben Worte wie=
der ein und blieben ihrem Gedächtniß treu, wie dies
oft mit Aussprüchen geschieht, welche der, von dem sie
kamen, lange vergessen hat. Jetzt wandte sie das Ge=

spräch wieder zu dem einen Punkt und suchte ihn so klar als möglich vor ihren Mann hinzustellen.

Der Plan, den sie entworfen, bestand darin, daß ihr Gatte auf rechtmäßige Weise die fehlende Geldsumme borgen und als Unterpfand dafür eine Lebensversiche= rungspolice geben solle, nachdem sich ein Freund ge= funden, welcher die jährliche Bezahlung derselben garan= tirte. Um diese Gunst wollte sie selbst Dr. Waters oder Lady Emma Lascelles bitten; es war nur eine Form, denn wenn ihr Mann es vernachlässigte, die we= nigen Guineen zu bezahlen, so konnte sie es wohl thun, da sie jetzt durch Priscilla Nunn viel verdiente.

Josephinens praktischer Sinn hatte den ganzen Plan entworfen; sie hatte sogar schon die Papiere, welche zur Lebensversicherung nöthig waren, sich verschafft; es blieb dem Vicar nur noch übrig, die letzten nöthigen Schritte zu thun, welche seine Frau ihm leider nicht abnehmen konnte. Außerdem lag Alles so klar vor ihm, daß er sich nur zu der Sache zu entschließen brauchte, um Hülfe zu finden — nach Josephinens Meinung.

Aber es war all ihr Reden fruchtlos. Entweder haßte er es mit seinem trägen irischen Sinn, sich die Mühe zu machen, oder er hatte das seltsame Vorurtheil schwacher Menschen gegen Lebensversicherungen und Te= stamente. Vor Allem ärgerte es ihn, daß seine Frau diese Schritte ohne ihn zu fragen gethan; es schien ein neuer Beleg, daß sie stets ihren Willen durchsetzte und das durfte nicht sein. Er brachte alle Argumente dem alten und neuen Testamente entnommen vor, um zu beweisen, daß jeder Versuch den Gatten zu kritisiren oder

zu leiten ein Versündigen gegen die Pflichten des Weibes
sei, und er zeigte sich entschlossen dem energisch entgegen=
zutreten.

Freilich in jener Nacht, als er seiner Frau zu Fü=
ßen lag und sie um Hülfe anflehte, klang sein Ton
anders; aber jetzt war der Vicar auch wieder eine sehr
bedeutende Persönlichkeit. Der Tag des Schulfestes
hatte seine Eitelkeit auf den Gipfel getrieben. Nichts
von Allem, was seine Frau sagte, vermochte ihn zu
überzeugen, daß er nicht sicher und siegreich auf voll=
kommen klarer Fluth dahinschiffe, während ganz Ditschley
bewundernd seinen Lauf verfolge.

„Niemand wird ein Wort gegen mich hervorbrin=
gen," wiederholte er immer von Neuem. „Und ich glaube,
mit einiger Klugheit von meiner Seite, wird Lang=
horne die Sache so drehen, daß nicht einmal etwas da=
von verlautet. Dann hat es gar nichts auf sich."

„Nichts auf sich!"

Vor Jahren, nein noch vor Monaten würde Jo=
sephine in einen „Wuthausbruch" gerathen sein, wie
ihr Mann diese ihre gerechte Empörung nannte, gegen
alle Heuchelei und Verstellung und besonders gegen den
Lehrsatz, daß Böses nur böse sei, wenn es entdeckt
werde; jetzt aber hielt sie an sich. Auch ihrer Zunge,
die scharf und bitter sein konnte, wenn man ihrem
Pflichtgefühl zu nahe trat, gebot sie Schweigen; sie
wiederholte nur ihres Mannes letzte Worte und ging
dann schweigend weiter. Was aber dieses Schweigen
in sich barg — gut, daß er es nicht wußte.

Der Vicar fühlte sich nach diesem vermeintlich errun=

genen Siege ganz behaglich; er hatte sich ja einmal
wieder als Herr und Gebieter gezeigt, das hob ihn stets
sehr in seinen eigenen Augen. Er betrachtete die An=
gelegenheit für nicht wichtig, und abgemacht, und wollte
gleich wieder ein anderes Gespräch beginnen.

Jetzt aber unterbrach ihn Josephine. Ihre Lippen
waren farblos und die Hand, welche sie auf seinen Arm
legte, war kalt und schwer wie ein Stein.

„Warte einen Moment, Edward, ehe Du die Sache
als »abgemacht« hinstellst. Sie ist nicht beseitigt. Eine
schwere Zeit liegt vor Dir, obgleich Du sie nicht sehen
willst; und ich beklage Dich tief darum.“

„Still — still!“ rief er gereizt. „Erlaube, daß ich
meine eigenen Angelegenheiten — auch allein besorge.
Laß mich in Ruhe! Ich verlange nichts weiter, als
daß Du schweigst.“

„Ich will es von jetzt. Nur noch einmal muß ich
sprechen, ich hielte es für unrecht und unredlich, wollte
ich Dir nicht mittheilen, was ich zu thun gedenke, wenn
es mit uns so weiter geht, wie in der letzten Zeit.“

„Was meinst Du?“

Josephine bedachte sich, um die passenden, nicht bit=
tern Worte zu finden, in denen sie die Wahrheit ent=
hüllen wollte, welche nach ihrer Ansicht zu sagen recht
war. Mochte man ihren Entschluß hart nennen, frei=
müthig wollte sie ihn wenigstens bekennen.

„Ich meine, Edward, daß wir Beide, die wir nie
recht übereinstimmten, jetzt in unseren Grundsätzen und
Handlungen so weit auseinander gehen, daß dieser Kampf
mehr ist, als ich zu tragen vermag, denn es erwächst

für die Kinder Verderben daraus. Um deinen Lieblings=
text zu brauchen: es können nicht zwei zusammen wan=
deln, sie seien denn eines Sinnes, sonst thun sie besser
sich zu trennen."

„Meinethalben. Ich kann ja niemals einen Spa=
ziergang mit Dir machen, ohne daß ich nicht eine Straf=
predigt erhalte," entgegnete er, vielleicht absichtlich sie
mißverstehend, oder in seiner oberflächlichen Weise wirk=
lich nicht den Sinn ihrer Worte fassend.

Noch einmal begann Josephine.

„Ich will Dich nie wieder tadeln; ich werde nicht
wieder schelten; ich werde nicht mehr reden, sondern
handeln; denn es scheint mir nothwendig. Unmöglich
kann ich die Hände in den Schooß legen und meine
Kinder dem Verderben zugeführt sehen."

„Dem Verderben? Ich finde sie gedeihen vortreff=
lich, und werden bald für sich selbst sorgen können. Cä=
sar kennt die Welt bald so gut, wie ich."

„Wirklich?" rief Josephine mit zitternder Stimme,
und war mehr als je entschlossen, das, was sie sagen
mußte, schnell und kurz abzuthun. „Edward, ich weiß
sehr wohl, daß Kinder dem Vater nicht so werth und
theuer sind, wie der Mutter, und besonders Dir waren
sie stets nur eine Bürde. Das erleichtert mir meine
Absicht."

„Was meinst Du eigentlich, was sollen alle diese
Anspielungen bedeuten?"

„Ich deute nichts an; ich rede offen und klar. Deine
Ansichten von Ehre und Redlichkeit sind nicht die mei=
nen, und ich muß meine Kinder schützen, daß sie jene

annehmen. Deshalb werde ich mich sobald als thunlich
zu einem entschiedenen Schritt entschließen."

„Was, willst Du gegen mich auftreten? Willst
Du Ditschley mittheilen, Dein Gatte sei ein Dieb und
ein Schurke? Das wäre einer Gattin würdig!"

„Nein. Ich werde nicht als Anklägerin auftreten,
nicht ein Wort will ich gegen Dich sagen; ich werde
Dich nur verlassen."

„Mich verlassen! Welcher Unsinn!"

Trotz dieser Worte sah Edward Scanlan bestürzt
aus. So sanft seine Gattin jetzt gewöhnlich war, so
wußte er doch, daß sie, wenn etwas sie reizte, ihren
eigenen Kopf hatte, und daß sie stets meinte, was sie
sagte, und danach handelte. Er hatte ihr selbst zugestan=
den, daß er sie zuweilen fürchtete. Aber die Idee, die
sie soeben ausgesprochen, war zu wunderlich, unausführbar.
Sein Sinn für das Hergebrachte und äußerlich Wohlan=
ständige, ja seine Eitelkeit widerstrebte sie als möglich
anzunehmen. Nachdem er seines Schreckens Herr gewor=
den, brach er in spöttisches Lachen aus.

„Mich verlassen! Nun wahrlich, das ist eine drollige
Idee! Als ob Du das so leicht könntest. Du willst
also fortlaufen, die Kinder und all die Sachen auf Dei=
nen Rücken nehmend, indessen Bridget hinterher trabt.
Was für ein reizender Anblick! Wie Ditschley sich
dabei amüsiren würde! Und wovon willst Du Euch
erhalten, Du dummes Weibchen? Sorge ich nicht für
Alles? (Es war dem nicht so, doch wozu widerspre=
chen?) Und dann, Josephine" — der Vicar versuchte
sein anziehendstes Wesen anzunehmen und er konnte

sehr liebenswürdig sein — „und dann, Josephine, Du kannst mich ja gar nicht verlassen; Du hast mich zu lieb dazu, das mußt Du wissen."

Josephine athmete schwer und blickte von ihrem Mann zum Himmel empor, der sich so klar, so rein und treu über ihr wölbte. Welcher Unterschied zwischen ihm und der Erde, besonders zwischen ihm und den Menschen!

„Ich war Dir einst gut — aber selbst wenn ich Dich noch liebte, von Herzen liebte und Du thätest den Kindern Schaden an ihrer Seele, und ich könnte sie nur retten durch eine Trennung von Dir, so würde ich sie in meine Arme nehmen und fliehen."

„Nun das ist ein neuer Glaube!" rief Herr Scan= lan lachend; denn seinem seichten Gemüth erschien das Ganze zu abgeschmackt.

„Hast Du vergessen, was Paulus sagt: „Laß sich das Weib nicht von ihrem Manne scheiden."

„Paulus war ein Mann und er hatte keine Kinder."

„Aber durch ihn sprach der heilige Geist der Schrift, und jedes Wort sollen wir glauben und annehmen."

„Ich kann es nicht annehmen,• wenn es der Wahr= heit und Gerechtigkeit entgegen ist," rief Josephine jetzt außer sich gebracht. „Blindlings vermag ich nicht an die Schrift zu glauben, ich glaube an Gott, meinen Gott, aber nicht den Deinigen. Behalte ihn für Dich, wenn er überhaupt existirt, doch laß mir den meinigen, meinen Herrn, meinen Christus."

Dieser Ausbruch entsetzte den Vicar dergestalt, daß er nichts darauf erwiderte. Er bewegte sich in Allem so auf der Oberfläche der Dinge, sogar in der Reli=

gion, sie war ihm ein Gemisch von feststehenden Phra=
sen, die er sich nie die Mühe nahm zu erklären oder
nur zu verstehen, daß wenn einmal eine starke, kühne
Seele es wagte die äußere Umhüllung abzureißen und
in den Kern der Dinge zu bringen, er entsetzt da
stand. Kein römischer Katholik, keiner jener „Papi=
sten," die er bei jeder Gelegenheit verhöhnte, konnte
bigotter an seine Jungfrau Maria und all die Heiligen
glauben, als es dieser „evangelische" Prediger that, in
einem gewissen Kreise von Lehrsätzen, die wieder in
bestimmte Phrasen gefaßt waren, welche seine Zugehö=
rigkeit zu seiner Kirche darthaten, von der doch das
Heil ihrer Mitglieder abhing. Gott verhüte, daß ich
jeden evangelischen Geistlichen beschuldigen sollte, Ed=
ward Scanlan zu gleichen, oder daß ich gegen diese
religiöse Gemeinschaft sprechen sollte, welche sich doch
durch die edle Aufrichtigkeit, große Reinheit des Lebens=
wandels, warmherzige christliche Brüderlichkeit und weit=
umfassende Mildherzigkeit — o wie viel weiter und rei=
cher als ihr Glaube — ausgezeichnet. Aber für Jemand,
der gleich Josephinen· einen scharfen kritischen Verstand,
einen leidenschaftlich warmen Gerechtigkeitssinn und ein
Herz besaß, welches stets nach der vollkommenen Wahr=
heit, dem vollkommensten Rechte strebte, für sie war
diese enge beschränkte Glaubenslehre nicht, welche offen
zugesteht, daß ihr Hauptzweck das eigene Heil ist, und
dadurch, trotz ihrer Wahrhaftigkeit, so abstoßend wird,
daß ihre Richtung im Nichtglauben enden kann.

Schon öfter hatte die Frau des Vicares diesen durch
ähnliche Bemerkungen entsetzt; doch die heute ausgespro=

chene Ansicht übermannte ihn. Er betrachtete seine Gat=
tin voll Entsetzen, und da er kein Wort der Wider=
legung fand, sagte er nur, er würde für sie beten.
Beide gingen schweigend bis zur Gartenpforte dahin,
dann bemerkte Edward Scanlan mit patronisirender
Miene:

„Liebe Josephine, ich hoffe, Du bist nun von Dei=
ner Luftreise zurückgekehrt und bereit zum Abendbrot
und Nachtgebet. Laß uns doch alle unliebsamen Ge=
spräche abbrechen. Ich versichere Dich, ich zürne Dir
nicht, nicht im Geringsten. Sprich dich nur immer
aus; doch gönne mir auch dann etwas Frieden."

Frieden! wo sollte Frieden herkommen, während ihr
Mann und sie Alle auf einem Vulcan standen, der
jeden Augenblick mit einem verderbenbringenden Aus=
bruch drohte. Denn wie er sich auch blind stellte oder
die Sache umgehen wollte, er hatte sich doch der Unter=
schlagung fremder Gelder schuldig gemacht; und war
dies für Jeden ehrrührig, ward es doppelt so für einen
Geistlichen. Wenn es herauskam, war seine und seiner
Familie Zukunft für immer vernichtet. Die Hoffnung,
die ihr immer noch erreichbarer geschienen, als die Er=
langung der Erbschaft — daß nach des Rectors Tode
ihr Mann die Predigerstelle desselben erhalten würde,
schwand dahin. Wohin er trat, würde er, ihr Gatte,
als Schwindler und Dieb betrachtet werden, und das
Brandmal der Schande mußte auch dann, wenn auch
unverdient, sie und die Kinder kennzeichnen. Vielleicht
mochte Josephine zu schwarz sehen, doch lag genug vor,
jede rechtschaffene Frau und mehr noch eine Mutter die

Zukunft fürchten zu lassen. Zuweilen verwirrten die schrecklichen Gedanken, die Angst vor dem nahenden Unheile Josephinens Sinne dergestalt, daß sie befürchtete die Herrschaft über sich selbst und ihren Geist zu verlieren, und was sollte dann aus den Kindern werden?

„Edward," sagte sie und ihre großen schwarzen tiefen Augen blickten ihn an, wie eine von Michel Angelo's Sibyllen (keine sehr anmuthige Frau, um mit ihr verheirathet zu sein, eine Venus oder Ariadne würde ihm besser zugesagt haben).

„Edward, noch ein Wort, ehe es zu spät ist. Ruhe und Frieden sind schön, aber es giebt noch Besseres als sie: Redlichkeit und Wahrheit. Höre mir zu; jeder rechtliche Mensch wird und muß meiner Meinung sein in Betreff dieser Angelegenheit. Du mußt das Geld zurückerstatten, und dazu giebt es nur den einen Weg, den ich Dir vorgeschlagen. Versuche es, so zuwider es Dir ist, rette Dich, unsere Kinder und mich! Mein Gatte, ich war Dir einst lieb und theuer!"

„Wolle mich nicht mit dergleichen fangen!" erwiderte er mit schroffer Grausamkeit und wandte sich ab.

Dasselbe that seine Frau. Also auch diese Bitte, dies Anrufen seines besseren Selbst war erfolglos. Trotzdem änderte sie ihr Wesen gegen ihn nicht. Sie sprach ja nur aus Pflicht, ohne jede Hoffnung auf Erhörung.

„Wenn Du nur erst dieser Verbindlichkeit ledig bist, wird Alles besser werden; ich will fleißig arbeiten, dann werde ich auch ohne Schulden zu machen alle

Ausgaben bestreiten können. Und vielleicht versuchst Du
es einmal mehr meinen Ansichten beizustimmen, damit
wir nicht immer verschiedene Wege gehen; das ist
schlimm und hinderlich für den Herrn und die Frau
des Hauses. Aber Du mußt Dich schnell entscheiden.
Wir stehen an einem Abgrunde und jeden Moment
können wir hineinstürzen."

„So laß uns fallen und versinken!" rief er in höch=
stem Aerger und stieß ihre Hand fort. „Ich will mein
Leben nicht versichern, und Niemand soll mich dazu
zwingen; es sieht gerade aus, als ob ich sterben müßte,
was auch bald geschehen wird, wenn Du so fortfährst
mich zu quälen. Still, still, sprich nicht mit dem har=
ten, scharfen Tone, bei dem mein Herz stets wie eine
Dampfmaschine arbeitet, und Du weißt doch, daß mein
Vater an einem Herzleiden starb. Freilich sagt man,
die Söhne schlachteten nicht nach dem Vater, sondern
nach der Mutter, was Dir gewiß eine große Genug=
thuung sein wird. Laß gut sein, wenn Du mich ge=
tödtet haben und als Wittwe mit Deinen Knaben dastehen
wirst, dann wirst Du doch traurig sein."

So sprach er in einem halb kläglichen melancholischen
Tone, doch seine Klagen, gerade so unreal wie sein
wohleinstudirtes Pathos in seinen Predigten, ergriffen
seine Frau nicht mehr, da sie ihr schon alltäglich gewor=
den. Obgleich ihr Mann nicht gerade robust und stark war,
hatte er doch stets Kraft genug das zu thun, was er gern
that; nur bei ihm unangenehmen Dingen mußte seine
schwache Gesundheit herhalten. Aus diesem Grunde
erregten sie diese düsteren Vorahnungen nicht, wie sie

es früher gethan; und außerdem — Gott helfe ihr! —
wurde Josephine härter.

„Nun wohl," sagte sie nach einer Pause, „jetzt ver=
stehen wir uns. Du gehst Deinen Weg, ich wähle den
meinen. Mindestens habe ich Dich in keiner Weise
getäuscht — und habe Jahre lang Geduld geübt."

„O, höre doch nur mit dieser schrecklichen Selbst=
gefälligkeit auf. Ich möchte fast, Du thätest einmal
Unrecht, damit Du doch etwas zu bereuen hättest. Aber
Du gehörst zu den fürchterlich pflichttreuen Menschen,
welche keiner Reue bedürfen."

„Bin ich das?" fragte Josephine. Und ich glaube
in diesem Moment — um eine der beliebten Bibelstelle
des Vicares zu gebrauchen — »fuhr der Teufel in sie,
wie er in Judas fuhr.«

Dies letzte Stadium der Verzweiflung erfaßte sie,
in dem wir aufhören zu denken, ob es recht sei eine
Sache zu thun, sondern nur, daß wir sie thun wollen.

Das Haupt der Familie ging in sein Haus und
rief Bridget und die Kinder zum gemeinschaftlichen
Abendgebet, das er diesmal ungewöhnlich ausdehnte und
die Bibelsprüche darin verwebte: „Richtet nicht, auf
daß ihr nicht gerichtet werdet." — „Ziehe am ersten den
Balken aus Deinem Auge, danach besiehe, wie Du
den Splitter aus Deines Bruders Auge ziehest," nebst
anderen ähnlichen Texten, die alle bunt zusammengewür=
felt und durch die häufige Wiederholung bedeutungslos
wurden, so daß der Göttliche, welcher zuerst diese Worte
gesprochen, sie kaum wieder erkannt haben würde.

Josephine vernahm sie — wie Einer, der nicht hört, nicht hören will. Sie kniete nieder und erhob sich dann, mit dem Bewußtsein, es habe der Böse von ihrem Herzen Besitz genommen; und immer mehr schlugen die Wellen der Verzweiflung über ihrem Haupte zusammen. War es dahin gekommen mit Allem? Nun wohl, es mußte doch ein Ende geben.

Ein Ende. —

Zwölftes Kapitel.

Selbst wenn Frau Scanlan gewünscht mit ihrem Gatten noch einmal zu berathen, so gab er ihr keine Gelegenheit dazu. Er sprach kaum mit ihr und wandte sich nur an die Kinder, und am frühen nächsten Morgen verließ er das Haus, um sich zu einem dreitägigen Besuch zu einer sehr vornehmen reichen Familie zu begeben, in welcher der liebenswürdige Vicar stets gern gesehen war, besonders in der Jagdzeit, wenn das Schloß von Grafen und Herzögen besucht ward, die den Fasanen und Schnepfen den Garaus machten. Herr Scanlan nahm selbst kein Gewehr in die Hand — es wäre ungeistlich gewesen — aber er war wohl zu brauchen bei den Jagdfrühstücken im Freien und im Billardzimmer. Er scheute keine Mühe recht amüsant zu sein, denn gleich einem seiner hochberühmten Landsleute „liebte er Lords und Herzöge schwärmerisch."

Als er fort war, nachdem er beim Abschiede sehr laut zu Adrienne gesagt, er sei überzeugt, sich köstlich zu amüsiren, als nach seinem Gehen das Haus nicht leer, sondern nur frei und behaglich war — da ging Josephine daran noch einmal klar und besonnen ihre Lage zu durchdenken; sie hatte sich schon entschieden, was sie thun mußte, nur über das wie konnte sie nicht ganz einig werden.

Mit vollem Bewußtsein, im Gefühle von Recht und Pflicht und aller kleinlichen Rache über persönliche Kränkung fern, hatte sie sich entschlossen, sich von ihrem Gatten zu trennen — fürs Leben zu trennen, denn nach einem solchen Schritte giebt es keine Rückkehr; für sie besonders wäre nie eine möglich gewesen. Sie besaß viel Geduld und Ausdauer, langsam kam sie zu einem Entschlusse; war es aber geschehen, dann gab es kein Zögern, Bedauern oder Zurücktreten, muthig führte sie ihn durch.

Sie wußte, daß ihr Verlassen des Gatten diesem keinen Vorwurf oder Tadel durch die allgemeinen Stimmen bringen würde, vielleicht gerade das Gegentheil; sie allein würde die Mißbilligung treffen. Er hatte keine der äußerlichen Pflichten der Ehe verletzt, er war weder ein Verschwender noch ein Trunkenbold, hatte sich sorgfältig in den Grenzen weltlicher Moralität gehalten, und vermuthlich würde die öffentliche Meinung mit ihm sympathisiren, wenn er nämlich seiner Gattin Handlungsweise bekannt werden ließ, wozu kein nothwendiger Grund vorlag. „Sie sei mit den Kindern ihrer Erziehung wegen ins Ausland gegangen," das wäre eine einfache naheliegende Erklärung für ihren Schritt gewesen. Josephine wollte ja keine Klage gegen ihn laut werden lassen, ihm in keiner Weise Schaden thun. Sie wollte ihm ja nur entfliehen, nichts als ihre und der Kinder Kleider mitnehmen, und ihm auch nicht das

geringſte Geldopfer auferlegen; er ſollte ſein ganzes
Einkommen nach ſeinem Willen verwenden.

Sie bemühte ſich ihrem Gatten und ihren Kindern
gerecht zu werden; dieſe hatten dem Vater nie vielmehr
zu verdanken gehabt, als ihre Exiſtenz, jetzt ſollten ſie ihm
gar nichts mehr ſchulden. Täglich wollte ſie ihnen die
Lehre geben zu kämpfen, zu arbeiten, lieber zu hungern,
als ihn um etwas zu bitten. In dem neuen und furcht=
baren Geſetzbuch, dem ſie jetzt folgte und zu dem man ſie
getrieben, ihre Zuflucht zu nehmen, gab es keine Liebe,
keine Großmuth mehr, nur ſtrenge, gleichmäßige Ge=
rechtigkeit für beide Theile. Joſephine verſuchte ſie
zu üben.

Die einzige Perſon, der ſie das Geheimniß ihrer
Flucht und den Ort, wohin ſie ſich begab, anzuver=
trauen gedachte, war Priscilla Nunu, von der ſie
auch ferner durch übertragene Arbeit ihren Lebensunter=
halt erhoffte. Priscilla hatte oft bedauert, daß Frau
Scanlan nicht in Paris ſei, wo ſie kürzlich ein zweites
Geſchäft eröffnet, in welchem Joſephinens geſchickte
Hände zweimal ſo viel als hier hätten ernten können.
Aus dieſem Grunde beſchloß die Mutter nach Paris zu
gehen, nach la belle France, das ſie ihren Kindern
als eine Art irdiſchen Paradieſes geſchildert, in welchem
die Sonne immer leuchtete und das Leben hell und
ſchön war. Daß jedes ihrer Kinder ſie gern begleiten
würde, ohne Fragen zu thun, welche ſie keinesfalls
beantworten wollte, daran zweifelte Joſephine nicht im
Mindeſten. Ihr Einfluß auf ihre Söhne und Töchter
war noch ſchrankenlos.

Wenn sie erst in Frankreich waren und die ihr
Theuersten in den Traditionen ihres alten Geschlechtes
erzogen wurden, in dem reinen Hugenotten = Glauben,
wie sie ihn durch den goldenen Nebel der Erinnerung sah,
in den Principien von Ritterlichkeit und Ehre, welche
die de Bougainville's, trotz dem sie seit der Revolution
arm wie die Bauern waren, aufrecht und fleckenlos erhal=
ten hatten — o wie glücklich würde dann die Mutter
mit ihren Kindern sein!

Vor Allen Cäsar, der jetzt gerade das Alter erreicht
hatte, in dem die zärtlichsten Söhne selten ganz mit
ihren Vätern übereinstimmen, und die Natur selbst das
Zeichen einer vorübergehenden Trennung giebt, bis sie
wieder sich auf gleichem Boden als Mann dem Mann
gegenüber begegnen und Keiner dem Rechte des Ande=
ren zu nahe tritt. Trotz ihres letzten so häufigen Bei=
sammenseins — das gefährlicher als jede Entfremdung
war — hatten Cäsar und sein Vater sich in den verflosse=
nen zwei Jahren durchaus nicht gut gestanden; und der
Sohn hatte es ganz offen erklärt, er würde gern
auf eigene Hand in die Welt hinausgehen.

Cäsar war der Mutter Liebling, obgleich sie es nicht
äußerlich bekundete, denn dazu war sie zu gerecht. In
ihrem Herzen baute sie auf ihn größere Hoffnungen,
als auf eines ihrer anderen Kinder, vielleicht schon des=
halb, weil sie in ihm das alte Geschlecht wieder erstehen sah.
Josephine hatte für ihren Vater eine leidenschaftliche Be=
wunderung gehabt; so stark und nachhaltig war diese, daß
sie bis zuletzt bemüht war, ihren Kindern das klägliche
Abbild wirklicher Väterlichkeit heilig zu erhalten, mit der

fie in Wirklichkeit gefegnet gewefen. Ihr halbgebroche=
nes, leeres Herz hielt an dem Bilde ihres angebeteten
todten Vaters feſt, das fie in ihrem Sohne wieder
erneuert fah, und es war ihr eine füße Hoffnung, daß
Cäfar kein Scanlan, fondern ein echter de Bougain=
ville werden würde.

Für diefe Annahme fprach genug. Nicht nur, daß
er im Aeußeren und im Wefen dem alten Vicomte fo
auffallend glich, daß Jofephine durch feinen Ton,
feine Bewegungen, ja die Art zu fprechen oft ordentlich
erfchreckt wurde, weil es gerade war, als ob der
Todte wieder erftanden; auch von Charakter war Cäfar
kräftig, feſt, wahr und redlich, gerade wie es fein Groß=
vater gewefen und fein Vater leider nicht war. Aber
den Sohn in ihr Vertrauen zu ziehen und gegen den
Vater Partei nehmen zu laffen, war etwas, gegen das
Jofephinens Rechtlichkeitsfinn fich ſträubte. Das Ein=
zige, was ihr erlaubt, ja geboten war, wozu die Noth=
wendigkeit fie zwang, war von dem Sohne zu erfahren,
wie die traurige Angelegenheit ftand.

Sie nahm zur Wahrheit die Zuflucht, immer das
befte und fchärffte Meffer einen gordifchen Knoten zu
zerfchneiden.

„Cäfar, ich habe fehr wichtige Pläne vor, welche fo=
wohl Dich als mich betreffen, und ich werde fie Dir in
einigen Tagen mittheilen; vorher aber mußt Du mir
Alles erzählen, was zwifchen Dir und Deinem Vater
vorgegangen ift; ich habe ein Recht es zu erfahren, und
ich fagte Papa, ich würde Dich danach fragen.“

„O, ich bin fo froh darüber!“ rief der Knabe — au=

genscheinlich sehr beruhigt und erleichtert, und er begann sofort Alles zu erzählen.

Es war schlimmer, als Josephine erwartet hatte; und es gereute sie nicht ihre Haft, mit der sie dieses Vertrauen herbeigeführt, sondern ihr Zögern. Mit jener Redseligkeit, welche wieder in einem so seltsamen Contrast zu seiner zeitweiligen schlauen Verschlossenheit stand, hatte Herr Scanlan seinem Sohne alle seine Angelegenheiten erklärt, das heißt in dem Lichte, in welchem er dieselben betrachtete. Seit den letzten Monaten hatte er, sobald er Geld brauchte, Cäsar „bettelnd," wie dieser es nannte, umhergeschickt, von Haus zu Haus unter allen möglichen Vorwänden kleine Summen borgend, so daß es kaum eine leidlich wohlhabende Familie im Kirchsprengel gab, die dem Vicar nicht etwas geliehen hatte ohne jemals bezahlt zu werden.

„Und das Wunderbare ist," fuhr der Knabe fort, der, herzlich froh sein Gewissen erleichtern zu können, sein ganzes Herz der Mutter öffnete, „daß Papa gar nicht an's Bezahlen denkt und dies auch nicht für ein Unrecht hält. Er sagt, es sei die Pflicht seiner Gemeinde ihm ein behagliches Leben zu schaffen, und daß, indem er Geld borgte, er nur thäte, was die Israeliten thaten „als sie die Aegypter beraubten." Mama, was kann er damit meinen?"

Die Mutter antwortete nichts. Sie wagte nicht dem Blicke ihres Sohnes zu begegnen, sie erhob ihre Augen nur zum Himmel in einer Art Verzweiflung, als nähme sie ihn zum Zeugen, daß der Schritt, den sie zu thun beabsichtigte, nicht allein recht, sondern unvermeidlich sei.

Doch ehe sie diesen Schritt that, fiel es ihr noch ein, daß sie sich erst klar werden müsse, nicht über die Billigkeit desselben — an ihr zweifelte sie nicht — sondern wie weit das Gesetz ihr zur Seite stände, bis wohin ihre Rechte sich erstreckten und welche legale Vertheidigung ihr werden könne, angenommen ihr Loos brächte sie in die schreckliche Lage einer Frau, welche sich selbst gegen ihren natürlichen Beschützer, ihren Gatten, zu vertheidigen hat.

In dieser Nacht, als die Kinder schon alle zu Bett waren und selbst Bridgets wachsame Augen sich im Schlummer schlossen, nahm Josephine ein dickes Buch vor, welches sie sich vor einiger Zeit von Herrn Langhorne, dem Advocaten, geborgt hatte, und begann sorgsam die Gesetzesstellen zu studiren, welche sich auf verheirathete Frauen und ihr Eigenthum bezogen, um zu erfahren, welches ihre Rechte wären — nur ihre Rechte — nichts mehr. Sie fand, was manche unglückliche Frau und Mutter gefunden hatte, daß nach den Gesetzen Englands, wie sie damals bestanden, und mit geringer Abänderung noch bestehen, eine verheirathete Frau überhaupt keine Rechte besitze.

Erstens — Josephine hatte Kraft und Muth alles darauf Bezügliche niederzuschreiben, um den Fall so klar wie möglich vor sich zu haben — wenn nicht Ehepakten existiren, so gehört jeder Heller, welchen die Frau haben, erwerben oder erben mag, nicht ihr, sondern ihrem Manne, der damit nach seinem Belieben schalten kann. Zweitens — er könne sein Weib körperlich „strafen," „einschließen," sie auf die einfachsten Bedürfnisse beschränken und sie mit der größten Härte behandeln, nur nicht lebensgefährlich, ohne strafbar zu sein. Drittens — wenn sie ihm entfliehe, könne er sie verfolgen, sie zurück= bringen und sie zwingen mit ihm zu leben, die Bürde und Schande seiner schlechten Handlungen mit ihm zu tragen, so unwillig es auch geschehe, oder wenn er das nicht möge, so könne er es verweigern sie zu unterhal=' ten; während, wenn sie sich selbst ernähren kann, er sie heimsuchen darf, um all ihr Erworbenes sich anzueignen, da sie kein Recht der Vertheidigung gegen ihn besitzt. Denn ist er nicht ihr Gatte und all das Ihrige, wie es auch erworben sei, gehört es nicht ihm?

Was die Kinder betrifft, so kann er, der Vater, sie der Mutter nehmen und ihr jede Gemeinschaft mit ih= nen untersagen, um sie nach seinem Belieben zu erziehen; denn die Grenzen, welche das Gesetz da gezogen, sind ihm weit genug gesteckt. Bis die Kinder großjährig sind, hat der Vater gerade dieselbe unumschränkte Macht über sie, wie über seine Frau, sie Alle sind ihm und seiner Willkühr anheimgegeben, er ist unverantwortlich für sein Verfahren mit ihnen, so lange er nicht offen= kundig grausam gegen sie ist.

Reiche Frauen, welche sich einen Rechtsbeistand neh= men können oder Ehepakten gemacht haben, können da= durch die Macht des Gesetzes in etwas abschwächen oder umgehen, aber arme beistandslose Frauen fallen ihm und seiner Grausamkeit zum Opfer; denn es ist ein ungerechtes, furchtbares Gesetz, wie Josephine es voll Schrecken aus ihrem Studium des Buches sah.

Sie saß wie erstarrt. In ihrer Unerfahrenheit hatte

sie keine Ahnung von einem solchen Stande der Dinge gehabt. Daß die Ehe in gewissem Sinne eine Fessel sei, wie alle Pflichten und Bande es mehr oder minder sein müssen, hatte sie gewußt, aber sie hielt sie für eine geheiligte Fessel, welche für beide Theile gleich sei; besser noch für ein Abkommen, eine Verbindung, in welcher Jeder die gleichen Rechte und Pflichten, dieselbe Ver=antwortlichkeit habe, und wenn der Eine dagegen fehle, dem Anderen die gleiche Macht zur Selbstvertheidigung zuständе. Denn, ach, so unvollkommen sind die mensch=lichen Einrichtungen, daß bei allen Verbindungen — die Ehe inbegriffen — welche wir eingehen, es uns wohl zusteht nicht die trübe Maxime zu vergessen: „Betrachte jeden Feind als einen möglichen Freund und jeden Freund als einen möglichen Feind." Und es schadet denen nichts, welche in ihren Gatten die besten und innigsten Freunde gefunden haben, zu wissen, daß für andere elende Frauen und Männer, denen in ihrer Ehe die Nächststehenden sich als Feinde erwiesen, eine Zuflucht und ein Schutz in dem Gesetz besteht, welches nur den Bösen, nicht den Guten ein Schrecken ist.

Als Josephine Scanlan jetzt ihr Loos kannte, wand sie sich unter dem Druck desselben, als ob sie sich von den Ringen einer Schlange umwunden fühlte. Diese umgab sie immer enger, immer fester, sie zischte ihr den heißen Athem in's Gesicht, bis die gemarterte Frau sich dem Wahnsinn nahe glaubte.

Daß sie geheirathet hatte, bewies schon, daß sie zu=frieden und bereit war ihre ganze Existenz mit der ihres Mannes zu verschmelzen, daß sie keine selbstsüchtigen,

ihm entgegenstehenden Rechte und Vorzüge beanspruchte.
Wenn ihre Ehe geworden wäre, was jede solche heilige
Verbindung werden sollte, würde Keiner an seine Rechte
gedacht haben und seine Pflichten hätte die Liebe ihm
zur köstlichsten Freude gemacht. Aber nicht jede Ver=
bindung ist eine glückliche, nicht jeder Mann erfüllt das,
wofür seine Braut ihn hielt, und um gerecht zu sein,
auch nicht immer erfüllt die Frau, was ihr Gatte von
ihr erwartete. Welche Abhülfe giebt es für einen sol=
chen Fall? Für den Gatten doch einige, für die Frau
keine. Der Mann mag ein Nero oder ein Elender
sein, er mag die Frau an den Bettelstab bringen, ihre
Kinder zu schlechten Menschen machen und die ganze
Familie durch seine Schande entehren, doch kann sie
sich nicht von ihm lossagen, welches Recht ihm in ähn=
lichen Fällen zusteht, noch darf sie ihm entfliehen, wie
Josephine es zu thun wünschte.

Alles vergeblich. Sie sah es ein, daß, wie sie auch
kämpfen und an ihrer Kette rütteln mochte, sie dieselbe
nicht zerreißen, nicht frei werden konnte. Obgleich sie
nichts von ihrem Gatten beanspruchte und sich und die
Kinder erhalten wollte, ihm in nichts entgegenzutreten
beabsichtigte, so hatte er doch dieselben Rechte über sie, er
konnte sie verfolgen bis an's Ende der Welt, ihr ihre
Kinder nehmen und Alles, was sie sich verdiente, durch=
bringen, und das Gesetz stand ihm dabei zur Seite, so
lange er sich in gewissen Grenzen hielt und kein offen=
bares Verbrechen beging. Da stand es ja klar schwarz
auf weiß, so schlecht ein Ehemann sein möge, so schäd=
lich, ja verderblich sein Einfluß auf seine Familie wirke,

nur bei Beweisen von Ehebruch oder öffentlich verübter
Grausamkeit an ihr kann eine Gattin Schutz vor ihm
erlangen oder die Erlaubniß sich von ihm zu trennen.

Es giebt Menschen, welche dies für recht und mit
der Bibel im Einklang halten. Mich sollte wundern,
ob sie noch so dächten, wenn sie an Josephine Scanlan's Stelle wären.

Als sie in der Stille der Nacht mit dem tiefen
Schweigen rings umher dasaß, und ihrem schrecklichen
Loose in's Auge sah, ergriff sie eine grenzenlose Verzweiflung, und dann erstand jene rasende Stärke, jener
tollkühne Muth, welche solcher Verzweiflung entkeimen.
Allen Gesetzen, allen Rechten zum Trotz wollte sie frei
sein. Keine Macht der Erde sollte sie, eine rechtschaffene
Frau, an einen unehrenhaften Mann noch länger fesseln,
oder sie zwingen Liebe zu heucheln, wo diese entschwunden; nichts sollte sie so einschüchtern, daß sie ihre armen
Kinder dem schlechten, verderbenden Beispiele ihres Vaters überließ. Nein, sie wollte frei sein, ob durch erlaubte oder verbotene Mittel sie ihrer Aller Freiheit er-
ringen sollte.

Eine schüchterne Frau oder eine, welche ängstlich nach
der Meinung der Welt gefragt, würde gezögert haben;
aber Josephine war auf dem Punkt angelangt, wo sie
kein Gesetz als ihr eigenes Gewissen anerkannte, keine
Religion als den blinden Glauben, daß Gott, da er gerecht sei, ihr helfen werde, helfen müsse. Außer diesen
Gefühlen war sie taub für alles Andere; der kräftige,
unerschütterliche, verzweifelte, ganz furchtlose Wille, der
zu Allem fähig war, vor Nichts zurückschreckte, belebte

fie. Während fie noch die Gefahren und Hindernisse
des vor ihr liegenden Weges bedachte, — und am mei=
ften erschwerte es ihr die Nothwendigkeit schlau und
heimlich, ftatt wahr und offen zu Werke zu gehen —
erinnerte fich Josephine an eine andere Josephine de
Bougainville, eine ihrer hugenottefchen Vorfahren, welche,
als die Katholiken ihr Haus angriffen, mit der Piftole
in der Hand in der Thür ftand und ihre beiden Kinder
vertheidigte, indem ihre kühne und muthige Hand meh=
rere Männer töbtete, bis fie felbft von einem Schuß
getroffen niederfank. Josephine Scanlan wußte, daß fie
ebenfo handeln könnte.

Keine zukünftigen Möglichkeiten verwirrten ihren kla=
ren Sinn. Herr Oldham konnte noch Jahre leben, und
wenn er felbft ftarb, was that es ihr. Das Vermögen
konnte einem Anderen vermacht fein, und kam es felbft
an fie, es gehörte ja ihrem Manne, und er würde mit
Taufenden gerade fo gewiffenlos fchalten, wie jetzt mit
Hunderten. Einft hatte fie anders gedacht, da hoffte fie,
Reichthum würde ihn beffer machen und Alles in's
rechte Geleife bringen; jetzt wußte fie, der Makel an
ihm wäre unverbefferlich. Seine Unredlichkeit, fein gänz=
liches Unvermögen zu erkennen, was Redlichkeit war, er=
fchien ihr jetzt wie eine Art moralifcher Unzurechnungs=
fähigkeit. Und folche Fehler find erblich. Wenigftens
kann nur die größte Achtfamkeit und Sorgfalt verhin=
dern, daß fie fich forterben. Gerade wie ein edler Vor=
fahre zuweilen feine geiftige, wie körperliche Aehnlichkeit
den noch ungeborenen Generationen hinterläßt, fo kann
fchlechtes, gemeines Blut — denn nur moralifche Schlech=

tigkeit ist eine Erniedrigung — oft hin und wieder sich
in der geheimnißvollsten Weise in einer Familie offen=
baren durch Generationen hin, und es bedarf der größ=
ten Anstrengung und Wachsamkeit bei der Erziehung, es
in seinen bösen Folgen zu unterdrücken, zu besiegen,
wenn das überhaupt möglich ist.

Frau Scanlan's Ehrgeiz in Betreff ihrer Kinder war
jetzt ein anderer; einst hatte sie gewünscht, dieselben reich
und vornehm zu sehen — jetzt sehnte sie sich nur sie
zu redlichen Menschen zu machen. Indiens Reichthümer
würden ihr nichts werth sein, wenn deren Besitz sie
dahin brächte, sie nach dem Beispiele des Vaters zu
verwenden, der, da er im Kleinen untreu war, dies auch
im Großen sein würde. Besser daß Cäsar und Louis,
ja selbst die zarte Adrienne im Schweiße ihres Angesich=
tes ihr Brot rechtlich verdienten, als daß sie die bessere
Kost ihres Vaters theilten, die nicht auf rechtliche Weise
erworben war; besser, daß sie arme Arbeiter würden,
als sorglose, selbstsüchtige Verschwender, für die Reich=
thum kein Segen, sondern nur ein Fluch wäre. Wenn
das Erbtheil kam, mochte ihr Mann es nehmen, sie
fragte nicht mehr danach. Ihr einziger Wunsch war
mit ihren Kindern deren Vater zu entfliehen.

In derselben Nacht entwarf Josephine ihre Pläne,
etwas modificirt jetzt durch ihren Einblick in ihre ihr
vom Gesetz zugewiesene Stellung; sie ging bei ihrem
Denken und Ueberlegen mit einer Vorsicht und Alles
berechnenden Klugheit zu Werke, die eines jener recht=
mäßigen Conspiratoren gegen eine ungerechte Autorität
würdig gewesen, eines jener Männer, welche je nach ih=

rem Erfolge in der Geschichte Patrioten oder Verräther
genannt werden. Einige von ihnen endeten auf einem
Thron, andere auf dem Schaffot; aber ich glaube, wenn
sie Beide ein gutes Gewissen haben, giebt Gott ihnen
den gleichen Frieden.

Und Ruhe und Frieden kam auch über Josephine
und schloß gegen Morgen ihre matten Augenlider.

Sie erwachte mit dem Gefühl, als sei etwas geschehen
oder müsse geschehen, mit dem Empfinden, welches wohl
die meisten von uns am Morgen einer Hochzeit oder
eines Begräbnisses haben; denn Beide sind sich darin
gleich, daß dieser Tag einen großen bedeutungsvollen
Abschnitt zwischen dem alten und dem neuen Leben bil-
det. — Josephine erhob sich und traf ihre Anordnungen
mit jener fremdartigen Ruhe, welche immer mehr zu-
nimmt, je näher man dem Unvermeidlichen kommt.

Als sie zu ihren Kindern hinabkam, fand sie einen
Brief ihres Mannes an Adrienne gerichtet, in welchem
er dieser mittheilte, er amüsire sich so gut, daß er die
ganze Woche wegbleiben werde. Frau Scanlan war es
recht, so hatte sie mehrere Tage freien Handelns vor
sich; es konnte auch noch etwas in der Zeit vorfallen.
Nein, nichts konnte sich ereignen, nichts was sie von
dem Entschlusse, den sie als recht gefaßt, abzubringen
vermochte. Nur ein Wunder hätte da eine Umwand-
lung herbeiführen können, und Wunder geschehen nicht
mehr in diesen Tagen.

So einfach auch ihre Vorbereitungen waren, sie fand
es doch schwer sie auszuführen, ohne den Verdacht ihrer
Umgebung zu erregen. Anfangs wollte Frau Scanlan

Bridget mit sich nehmen, jetzt entschied sie sich anders. Niemand sollte durch ihre Handlungsweise compromittirt werden; Keiner durfte, ehe sie fort war, ihre Abreise ahnen. Auch gewährte es ihr eine Art Beruhigung zu wissen, daß unter Bridgets Händen der Hausstand gut geführt und ihr Mann wohl verforgt sein würde.

Denn so wunderbar es scheinen mag, es kamen durch all das Tragische ihres Schicksales doch jene kleinen geringfügigen Gedanken, ob ihr Mann auch ein gutes Frühstück und Mittagessen haben werde, und wer ihm alle jene tausend kleinen Dienste leisten würde, die sie ihm — da er bequemer und unbeholfener, als die meisten Männer — die siebzehn Jahre ihrer Verbindung erwiesen. Selbst jetzt noch war sie damit beschäftigt, Knöpfe an seine Hemden zu nähen und seine Wäsche und Kleider zu ordnen, bis das Komische und Tragische ihres Thuns und Vorhabens sich in so schrecklicher Weise verschmolzen und die gewöhnlichen Dinge des alltäglichen Lebens einen so grausig ernsten Charakter annahmen, daß sie ihre Augen schließen und ihr Herz stählen mußte, wenn sie ihren Entschluß ausführen sollte.

Tag auf Tag ging dahin, wie sie bei einem zum Tode verurtheilten Menschen vorüberschleichen, der alle Hoffnung auf Entkommen verloren hat und trotzdem noch nicht ganz gleichgültig gegen das Sterben ist — gegen einen Tod im vollen Leben. Es mag dies der Eingang zu einem neuen besseren Dasein werden, aber dies Leben war ihm das gewohnte, das, welches er verstand. Etwas Derartiges empfand Josephine, als sie Nacht für Nacht in ihrem stillen, einsamen Schlafzimmer

lag und einen Vorgeschmack des einsamen Lebens be=
kam, das nun bis zum Tode ihr Loos sein würde. Doch
schwankte sie nicht, denn sie glaubte recht zu thun, und
ein einmal gefaßter Entschluß war maßgebend bei ihr.

Josephine zögerte bis ganz zuletzt, sich Priscilla Nunn
zu offenbaren, eine Nothwendigkeit um die Hülfe der
ergebenen Frau auch in Paris in Anspruch zu nehmen
und sich von ihr das Versprechen geben zu lassen, ihre
Adresse Keinem, auch nicht einmal Herrn Scanlan zu
verrathen. Weitere Erklärungen wollte sie auch Pris=
cilla nicht machen. Wenn man einen verdorrten Ast ab=
hauen soll, um den übrigen Theil des Baumes zu retten,
so thut man dies schweigend, ohne jedem Vorübergehen=
den zu erzählen, welches Unheil er schon angerichtet hat
und weshalb er abgehauen werden mußte. Wenigstens
war Josephine nicht die Frau dies zu thun, sie handelte,
aber sie redete nicht.

Nachdem sie Wort für Wort überlegt, und es waren
nur wenige, in denen sie Priscilla ihr Vorhaben erklä=
ren wollte, machte sie sich auf den Weg nach deren
Laden, um das Geld für ihre letzten Arbeiten zu empfan=
gen, eine nicht ganz unbedeutende Summe, die wohl ge=
eignet war, die Reise nach Paris zu bestreiten und sich
und die Kinder dort eine kurze Zeit zu erhalten, bis sie
durch Priscilla's Hülfe neue und dort sehr ergiebige Ar=
beit bekäme. Alles, was Josephinen zu thun oblag,
ward in der besonnensten Weise ausgeführt, sogar daran
hatte sie gedacht, den Mädchennamen ihrer Mutter an=
zunehmen, den, wie sie glaubte, ihr Mann gar nicht
kannte.

Josephine hatte gehofft durch die Stadt zu gehen,
ohne einem Bekannten zu begegnen; doch gerade vor
der Thür von Priscilla Nunn traf sie mit Herrn Lang=
horne, dem Advocaten zusammen, den sie nach dem plötz=
lichen Erkranken vom Rector nicht oft wiedergesehen.
Das damals zwischen ihnen entstandene freundliche Ver=
hältniß war bald wieder beendet — die Frau des Vi=
cares ahnte wohl die Ursache. Aus der Gereiztheit ihres
Mannes beim Nennen von Herrn Langhorne vermuthete
Josephine, daß er von diesem habe Geld borgen wollen
und nicht zum Zweck gelangt sei. Nach dieser kleinen
Episode vermochte Herr Scanlan auch in diesem Freund
wie in den meisten anderen nichts Gutes anzuerkennen
und so ließ Josephine ihn fallen, wie sie es schon mit
manchem gethan. Es war für diese und für sie selbst
das Beste.

Trotzdem benahm sich Herr Langhorne stets freund=
lich und rücksichtsvoll gegen sie, und an dem Tage kam
er über die Straße herüber, sie zu begrüßen. Er war
beim Rector gewesen, den er etwas wohler gefunden;
seine Wärterin hatte sich bemüht aus seinem fast unver=
ständlichen Stammeln klug zu werden und endlich den
Namen von Frau Scanlan unterschieden. Der Advocat
fragte, ob sie nicht dort einen Besuch machen wolle.

Josephine zögerte. Ihre großen Sorgen und Schmer=
zen hatten die kleineren so verdrängt, daß sie ihren ar=
men alten Freund in mehreren Wochen nicht besucht.
Jetzt da sie ihm gewiß ein ewiges Lebewohl sagen mußte,
entschloß sie sich schnell und gleich hinzugehen. Es
würde ihr ein schmerzlicher Abschied sein, denn ihr Herz

war stets dem alten Herrn warm ergeben, er aber wußte
ja nichts von ihrem Kummer.

„Glauben Sie wirklich, Herr Langhorne, daß der
Rector sich nach mir sehnt, daß er überhaupt wieder
Jemand bemerkt oder vermißt? In diesem Fall will ich
ihn öfter als sonst besuchen, — und ohne" — Wes=
halb versprach Josephine dies, da sie doch wußte, sie
könne es nicht erfüllen; da sie in einigen Tagen, viel=
leicht sogar in Stunden Ditschley für immer verlassen
wollte? Von dem Gedanken getroffen, hielt sie inne, so
plötzlich inne und zwar so auffallend, daß Herr Lang=
horne sie scharf ansah, wodurch ihre Verwirrung noch
stieg.

Dann sagte er etwas förmlich:

„Ich will Sie nicht bestimmen hinzugehen, ich habe
Sie nie zu etwas überredet, da ich wußte, es könne
jetzt doch keinen Unterschied mehr machen. Wenn ich
aber denke, daß unser armer Freund noch Bewußtsein
hat — und wer kann das Gegentheil bestimmen — so
wäre es gütig von Ihnen, wenn Sie ihn recht häufig
besuchten."

„Ich will sogleich zu ihm gehen!" erwiderte Jose=
phine, und von Herrn Langhorne Abschied nehmend,
wandte sie sich nach dem Pfarrhause zu und ging ohne
einzutreten an Priscilla Nunn's Thür vorüber. Dabei
empfand sie eine Art Erleichterung, daß sie ihr bitteres
Geheimniß, das sie so lange sicher gehütet, noch etwas
länger bewahren konnte. So lange es nicht ausgespro=
chen, scheint es immer, als könne es noch Abhülfe

geben für das schwerste Leid einer Frau — das einer unglücklichen Ehe.

Der Garten beim Pfarrhause sah lieblich wie im= mer aus; sorgsam gepflegt und sauber gehalten durch den alten Gärtner, welchen Bridget nicht heirathen wollte. Frau Scanlan redete ihn an und fragte nach seiner zweiten Frau, einem jungen hübschen Weibe, der er trotz Bridget ein guter Gatte war.

Es ginge ihm in jeder Hinsicht vortrefflich, erwi= derte er, ihn drücke nicht eine Sorge als die, daß der Herr so krank sei und daß sich Niemand an dem schö= nen Garten freue, auf den er doch so viel Sorgfalt verwandte. Der alte Gärtner bat die Frau des Vicars doch öfter nach dem Garten zu kommen und Anordnun= gen zu treffen, da man ja, wenn Gott den Herrn Rec= tor erlöste, doch annehmen könne, sie würde mit ihrem Manne in das Haus einziehen.

Josephine schrak zurück. Sie wußte, was der gute alte Mann andeutete, und daß er die allgemeine Mei= nung theilte, Herr Scanlan werde der Nachfolger des Rectors werden. Es schien, daß jedes noch so wohl= gemeinte Wort sie an diesem Tage gleich einem Dolch= stich traf.

Als sie in das Zimmer des Kranken trat, überkam sie eine friedliche Ruhe, vor der ihre Aufregung sich legte. Es war ihr dies schon öfter geschehen in der Nähe dieses Mannes, der von der Stille und auch von der Schönheit des Todes umgeben war, denn sein Gesicht war klar und nicht verzerrt, und Jemand, den er gern hatte, vermochte er noch mit seinem alten lieben

Lächeln zu begrüßen. Dies that er jetzt; seine Augen riefen Josephine an seine Seite und die kleine gelähmte Hand wurde sanft von der ihrigen erfaßt.

Obgleich sich in dem Antlitz des Rectors noch keine Spuren zeigten, welche auf einen baldigen Tod schlie= ßen ließen, — Alle, die ihn liebten, konnten es ihm nur als Erlösung wünschen, — so erschien sein Lächeln an dem Tage noch reiner und verklärter als sonst, und seine Augen hafteten mit einem so langen innigen Blick auf Josephinen, als wolle auch er Abschied von ihr nehmen — er ihr sein Lebewohl sagen. In diesem stillen Krankenzimmer vergaß Frau Scanlan all ihre eigenen schweren Kümmernisse, Ruhe und Friede erfaß= ten sie; sie sah nur ihren alten theuren Freund, der ihr immer so treu und sorglich zur Seite gestanden. Und immer stiller und friedlicher wurde es in ihrem Innern. Das uns verhüllte Land, das Land, in wel= chem alle Schmerzen zur Ruhe kommen und vergessen werden, — leider blickte Josephine nur in diesem Lichte das Jenseits an, denn ihres Gatten Himmel war ihr fast eben so widerwärtig als die Hölle — erschien ihr plötzlich weniger feierlich grausig, sondern ordentlich erwünscht es zu betreten. Dort möchte sie vielleicht, leider nur vielleicht — Alles, was die Religion betraf, war ihr nachgerade zweifelhaft geworden — die wie= derfinden, welche sie geliebt und die zu lieben ihr Stolz und keine Schande gewesen, die Mutter, die sie so früh verlor, den angebeteten edlen Vater, dessen An= denken allein sie noch an Gottes Vaterhuld glauben ließ, und selbst ihre kleinen süßen Kinder, welche nur einen Moment gelebt und dann in ihr stilles Grab auf dem Kirchhofe von Ditschley gebettet waren. Als Josephine an Herrn Oldhams Lager saß, konnte sie den weißen, von der Sonne beleuchteten Leichenstein an dem Grabhügel ihrer Kinder sehen; und sie dankte Gott, daß diese drei von ihren neun Kindern wenigstens sicher und glücklich waren.

Nach diesem Lande, zu den theuren Geschiedenen würde Herr Oldham bald seine Reise antreten. Die phantastische, ideale und doch nicht ganz unnatürliche Idee, durch ihn jenen eine Botschaft zu senden, ergriff Frau Scanlan wunderbar. Es würde ihr eine solche Wohlthat gewesen sein, ihrem geliebten Vater nur einige Worte sagen zu lassen, nur daß sie strebe und kämpfe ihre Pflicht zu erfüllen in dieser mühevollen Welt, daß sie aber so gern, so gern in süßem Frieden bei ihm weilen möchte. Ihre Augen füllten sich mit Thränen und diese rollten leise nieder, während sie ab und zu ein Paar milde liebreiche Worte zu Herrn Oldham sagte. Ihr Herz war weniger trostlos, weniger starr. Der Gedanke an habsüchtigen Gewinn und daß Geld, Geld, Geld das einzige Streben, das Hauptziel des Menschen in diesem Leben ist, seine Furcht, sein Hoffen, sein Glück—verschwand in der Ferne. An der Seite dieses Gelähmten, der nur noch von seinem Lager erhoben werden würde, um in den Sarg gelegt zu werden, zwang die große Wahrheit sich Josephine auf, so eindringlich und tröstend wie niemals früher, daß wir nichts mit auf die Welt brachten und auch nichts mit aus ihr nehmen werden.

Vielleicht wäre Josephine bei diesem letzten Besuch noch länger bei ihrem Freunde geblieben, wenn nicht der Arzt gekommen und sie bei seinem Fortgehen gefragt hätte, ob er sie nicht zu Hause begleiten dürfe, es sei schon zu dunkel für eine Dame noch allein zu gehen.

Frau Scanlan war durch diese Freundlichkeit gerührt und nahm sie dankbar an. Es war ihr eine Erleich=terung, daß sie ihr Gespräch mit Priscilla Nunn noch einen Tag verschieben konnte; ja selbst als sie dem Rector gute Nacht sagte, fügte sie hinzu, und sie meinte es aufrichtig: „ich komme morgen wieder" — damit war der Schmerz des letzten Lebewohles vermieden.

Als Josephine mit dem Arzte von dannen ging, fragte sie diesen, was er von seinem Kranken denke, wie lange er wohl noch in diesem Zustande bleiben könne. Nicht daß die Antwort sie anderen Sinnes machen konnte, dennoch wollte sie es gern wissen.

Aber keine ärztliche Kunst vermochte hier ein end=gültiges Urtheil zu fällen. Dr. Waters gab zu, daß das rein animalische Leben noch Monate und Jahre dauern könne, wenn nicht ein neuer Schlaganfall hinzu trete und die matte Flamme unverzüglich verlösche. Aber wie es auch werden mochte, keinesfalls sah er noch schwere Leiden voraus.

„Gott sei Dank!" sprach Frau Scanlan seufzend und eine wunderbare Regung des Neides in Bezug auf Herrn Oldham erfüllte sie.

Schon früher hatte sie dieses verzweifelte Sehnen nach Ruhe gehabt, nur nach Ruhe, als ob die Freu=

den des Paradieses selbst eine Ermüdung wären, und
sie nur verlangte im Dunkel zu ruhen und zu schlafen.
Es lag jene Schwere, jener lähmende Bann über ihr,
welche oft dem Ausbruch eines Gewitters vorangehen;
in dem dann der Gott der Gnade wie des Gerichtes
in Blitz und Donner erscheint, uns aus der Lethargie
zu erwecken, welche für lebendige Seelen nicht Ruhe,
sondern Tod ist. Auch jetzt brach der Sturm los.

„Frau Scanlan," begann der Arzt plötzlich und
drückte ihre Hand warm, denn er kannte sie gut und
war bei Geburten und Todesfällen in ihrer Familie
ihr treu zur Seite gewesen, auch war er ihr dankbar,
daß sie sein trauriges Geheimniß — den Wahnsinn seiner
Frau — so lange bewahrt, „Frau Scanlan, wo ist
Ihr Herr Gemahl heute?"

Sie erzählte es ihm.

„Das freut mich. Einige Tage des Vergnügens
werden ihm gut sein. Er ist doch wohl?"

„Ganz wohl."

Einer jener kalten Schauer, welche der Aberglaube
dadurch bezeichnet: „es schreite Jemand über unser künf=
tiges Grab" durchrieselte Josephine. Argwöhnte Dr. Wa=
ters etwas?" Oder lag es nur an ihrer Angst, die ihr
schon seit Wochen das Gefühl gegeben, als wandle sie
auf einer Pulvermine, daß sie auch jetzt wieder eine
tiefere Bedeutung in seinen höflichen Worten fand?
Ja, sie fürchtete etwas, doch nicht das, was ihr nun
bekannt wurde.

„Ich bat Sie deshalb Sie begleiten zu können, um
mit Ihnen über Ihren Herrn Gemahl zu sprechen. Sie

sind eine zu vernünftige Frau, um mehr als ich beab=
sichtige in meinen Worten zu suchen, oder sich über=
triebener, nutzloser Angst hinzugeben."

„Angst!" wiederholte sie und dachte immer nur des
Einen, von dem sie alle Schrecken kommen sah. „Re=
den Sie — o bitte, reden Sie schnell!"

„O so schlimm steht es nicht; es ist nur ein Wenig
Vorsicht nöthig. Sie wissen, daß Herr Scanlan mich
neulich consultirte wegen eines Attestes zu einer Lebens=
versicherung?"

Josephine hatte es nicht gewußt, was aber that
das? Sie bat nur den Arzt fortzufahren.

„Ihr Herr Gemahl sagte, Sie wären sehr dafür,
daß er den Schritt thäte, und er hätte sich geweigert;
aber gleich dem ungehorsamen Sohne in der Parabel
bereute er und kam doch. Er äußerte, Sie wünschten
das Geld als eine Versorgung für Sie und Ihre
Kinder."

„Ich — für mich und die Kinder eine Versorgung!"
Selbst jetzt war Josephine noch nicht an ihres Gatten
Entstellung der Thatsachen gewöhnt. Der scharfsichtige
Arzt bemerkte ihre ärgerliche Verwirrung und versuchte
dieselbe zu beseitigen, indem er sagte:

„Mir ist, als war es etwas Aehnliches, doch ich
kann es nicht genau bestimmen; ich mische mich nie
in Familienangelegenheiten. Es ist in diesem Falle
auch ganz unwesentlich; ich wollte Ihnen nur rathen,
wenn nicht eine allzu dringende Nothwendigkeit vor=
handen ist, so lassen Sie Ihren Herrn Gemahl nicht
den Versuch machen, sein Leben versichern zu wollen."

„Weshalb nicht?" fragte Josephine in ihrer schnel=
len unerschrockenen Weise.

„Weil ich fürchte, daß ihn keine Gesellschaft anneh=
men würde. Er hat — erschrecken Sie nicht, Hun=
derte haben dasselbe, ich auch, und Sie sehen, welch ein
alter Mann ich geworden bin — er hat einen ausgepräg=
ten Herzfehler."

„Doctor! o, Doctor!"

Das war Alles, was Josephine zu sagen vermochte,
obgleich der Schlag, den Gott ihr sandte, sie aus ihrer
stumpfen Lethargie zu wecken, sie ganz unvorbereitet
traf. Bei Allem, was sie über ihren Mann gedacht,
bei all ihren Plänen für die Zukunft war der Gedanke
an seinen Tod ihr niemals gekommen. Er schien zu
den Menschen zu gehören, denen ein langes Leben
gewiß war, und die sich dessen unter allen Umständen
freuen, da er einen sehr leichten Sinn, eine vortreff=
liche Constitution und kein tiefes Gefühl besaß. Es
kam Josephinen unglaublich vor, daß er, Edward
Scanlan, einen entschiedenen organischen Fehler in sich
tragen sollte, ohne es zu wissen und zu fühlen. Nein,
es konnte nicht sein, und das sagte die erschrockene
Frau dem Arzte, die Annahme heftig abwehrend.

Dr. Waters schüttelte sein Haupt.

„Es ist sehr gut, daß Ihr Herr Gemahl es nicht
weiß, und ich wünsche, er möge es nie erfahren. Diese
Art Krankheit macht so langsame Fortschritte, daß er
sehr alt werden und möglicher Weise noch an einem
anderen Uebel sterben kann. Vorhanden ist der Herz=
fehler aber, keinem Arzte kann es verborgen bleiben;

und wenn der Herr Vicar dies durch den Doctor der Lebensversicherungsgesellschaft erführe, so könnten bei seinem nervösen und leicht erregbaren Temperament die Folgen gefährlich werden. Aus diesem Grunde vertraue ich es seiner Gattin an, der muthigsten bravsten Frau, die ich kenne, die ein Geheimniß bewahren kann, wie keine zweite Dame meiner Bekanntschaft."

Ein tiefes Stöhnen entrang sich Josephinens Brust; sie fühlte, daß ihr von Neuem eine schwere Last aufgebürdet wäre, welche sie allein für ein ganzes Leben zu tragen habe. Jetzt durfte sie nicht an Ruhen, an Sterben denken, sie mußte sich erheben und handeln.

„Was kann, was soll ich thun?" fragte sie endlich.

„Nichts. Eine Warnung zu rechter Zeit kann viel nützen. Es erscheint mein Vertrauen Ihnen jetzt vielleicht grausam, doch ist es gewiß ein rechter Freundschaftsdienst von mir. Fassen Sie Muth, theure, verehrte Frau! Sie haben in letzter Zeit so krank und elend ausgesehen, daß Ihr Herr Gemahl wohl jedenfalls Sie begraben wird, wenn Sie Sich nicht zu neuer Kraft erheben. Ich bitte Sie nur ihn in Ihre Obhut zu nehmen, ihn vor zu heftiger Aufregung zu bewahren, vor Allem aber von Lebensversicherungsgesellschaften fern zu halten."

„Ich verstehe, ich werde Ihrem Rath folgen. Haben Sie Dank für Ihre Güte."

Ihre kurzen abgebrochenen Worte klangen wie ein Abschied, und als solchen nahm ihn der Arzt. Er empfahl sich an der Thür ihres Hauses, ohne mit ihr einzutreten. Frau Scanlan forderte ihn auch nicht dazu auf. Es lag ein solcher Druck auf ihr, daß sie fühlte, wenn sie nicht bald allein bliebe und sich im ungestör= ten Denken Erleichterung schaffte, sie werde wahnsinnig.

Sie setzte sich, eine kurze Strecke von ihrem Hause entfernt, hinter einem Ginstergebüsch nieder auf dem Anger, der ganz still und menschenleer unter dem Ster= nenhimmel lag; dann bemühte sie sich ihre Gedanken zu sammeln und das Gehörte als Wirklichkeit anzu= nehmen.

Ich habe schon gesagt, daß in dem höchsten und edelsten Sinne der Liebe, die in dem Geliebten das Beste und Reinste sieht, dem man vertrauen kann, Frau Scanlan ihren Gatten nicht mehr liebte. Eine natürliche Zuneigung mag hin und wieder noch erwa= chen und eine gewisse mitleidsvolle Zärtlichkeit braucht lange, ehe sie stirbt; daß aber eine gute Frau einen schlechten Mann mit voller Liebe weiter lieben sollte, ist durchaus unmöglich nach meinem Empfinden. Thäte sie es, wäre sie eine Närrin oder noch etwas Schlim= meres. Oft aber wenn die Liebe gestorben, erhebt sich aus dem Grabe die Pflicht, ihr der Gestorbenen ähn= lich werdend.

Der Edward Scanlan von heute war durchaus kein Anderer, als er stets gewesen und doch fühlte seine Gattin, daß ihre Beziehungen zu ihm ganz verändert waren. So lange er wohl und glücklich war, fröhlich durch das Leben ging, Niemand anderes als sich beach= tend, trotz seiner Selbstsucht und Unredlichkeit froh und sorglos, und mit allen Menschen gut stehend, da fühlte Josephine keine Gewissensbisse, ihn zu verlassen, nein,

es erschien ihr sogar nur recht. Doch jetzt? Jedes
edle, zärtliche und großmüthige Empfinden im Herzen
der Frau empörte sich nun das zu thun, zu dem sie
eine Stunde vorher noch fest entschlossen war.

Diese Wandlung schien kaum ihr eigenes Thun,
wenigstens kam sie ihr mehr instinctartig, als aus
Ueberlegung; sie dachte auch nicht mehr darüber nach,
ob ihr früherer Entschluß recht gewesen, jetzt war er
einfach zur Unmöglichkeit geworden. Während sie ver=
zweiflungsvoll den einen Weg verfolgte, hatte das Schick=
sal oder die Vorsehung sie mit kräftiger Hand erfaßt
und auf einen anderen geführt.

„Ich kann nicht fortgehen," rief sie unter heißen
Thränen. „Ich muß mich seiner annehmen, ihn schü=
zen und behüten, wie der Arzt sagte. Was sollte er
ohne mich beginnen? Wie würde es mir sein, wenn
er mich brauchte und ich wäre nicht da?" Das war
Alles, was sie bedachte, überlegte. Ihr klarer, schlich=
ter Sinn nahm alle Dinge einfach hin, ohne pei=
nigendes Klügeln oder nutzlose Selbstanklage. In der
That ließ sie sich selbst ganz aus dem Spiele dabei;
erst als sie plötzlich an ihre Kinder dachte, verwirrten
sich auf Momente ihre Gedanken, und es war ihr
unmöglich klar ihre Pflicht zu sehen. Nur ihre Pflicht!
Kein weicheres Gefühl zog sie zurück zu der Zeit, da
ihre Kinder noch nicht lebten und ihr junger sie lie=
bender Gatte ihr Alles in Allem war. Diese Tage
waren für immer versunken, selbst die Erinnerung
daran hatte er zerstört.

Nicht für einen Moment verhehlte es sich Jose=
phine, daß ihre Kinder, „jene kleinen Hindernisse", wie
der Vater sie oft nannte, ihr unendlich theurer waren,
als er. Sie mußte ihre Kinder retten; aber sollte
sie es thun, indem sie deren Vater verließ?

„Die Gott zusammengefügt, soll der Mensch nicht
trennen."

Sehr wahr — der Mensch nicht; aber es giebt Ver=
hältnisse, bei denen Gott selbst es thut, wo er mit sei=
nem Schwerte der Gerechtigkeit den Schlechten vom
Unschuldigen, den Bösen vom Guten trennt. Die
Schwierigkeit für das blöde Auge des Sterblichen liegt
darin, den scharfen Stahl dieses Schwertes zu sehen,
die unvermeidliche Wunde der unsichtbaren Hand als
recht anzuerkennen.

Josephine versuchte dies nicht; auch will ich nicht
den Versuch machen, sie zu richten in dem, was sie
that oder unterließ; ich erzähle nur das Factum, daß
sie ihr Vorhaben Priscilla Nunn nicht mittheilte, daß
Niemand erfuhr, ehe sie nicht Beide todt waren, wie
nahe daran sie gewesen, ihren Gatten zu verlassen.

Länger als eine Stunde saß Josephine unter dem
Ginsterbusch, nur den Blick auf die Sterne gerichtet,
welche ruhig und unverrückt ihre ewigen Bahnen wan=
deln, ohne sich um der Erde Leid zu kümmern. Als
sie endlich die Nachtkühle fühlte, erhob sie sich, in der
Sorge krank zu werden — und was sollte dann der
Haushalt beginnen?

Aus dem Wohnzimmer hörte man die fröhlichen
Stimmen der Kinder, doch ging sie vorüber, hinauf

nach der Schlafstube. Dort legte sie ihre Hand auf das Kissen, auf welchem das Haupt ihres Mannes diese siebzehn Jahre geruht, dann beugte sie sich nieder und küßte es.

„Ich gehe nicht; wer soll bei ihm stehen, wenn ich ihn verlasse? Nein, ich bleibe bei ihm." —

Dreizehntes Kapitel.

Frau Scanlan hätte, wenn sie es gewollt, Muße ge=
nug gehabt, ihren Entschluß ruhig zu überlegen, denn
ihr Mann kehrte nicht an dem bestimmten Tage nach
Hause zurück; selbst da noch nicht, als sie ihm ein Billet
von Herrn Langhorne sandte, der dringend die Revision
der Rechnungen über den Bau der Schule verlangte.
Jedenfalls wollte der Vicar diese schreckliche Krisis bis
zur letzten Möglichkeit hinausschieben, weil er sich davor
fürchtete. Nicht so Josephine; denn es war ja unver=
meidlich, es bestärkte sie nur in dem Vorsatze, bei ihrem
Manne auszuharren.

Frauen sind wunderbare Wesen, ich, eine Frau, sage
dies. Die Männer denken uns zu kennen, aber sie ken=
nen uns nicht. Sie stehen zugleich über und unter uns,
doch stets sind sie verschieden von uns, sowohl in ihren
Vorzügen als in ihren Fehlern.

Josephinen war nie wirkliches Glück von ihrem Gat=
ten gekommen, weder Trost, noch Schutz. Daß er sie
selbst jetzt noch lieb hatte, war zweifellos; doch es war
jenes Liebhaben des Mannes, das in seinem Selbst be=
ginnt und endet, aus dem Nutzen und der Stütze ent=
springend welche die Frau gewährt. Für sie war Ed=

ward bald nach ihrer Verheirathung eine Quelle nie
endenden Kummers und steter Sorge geworden; trotz=
dem schien es ihr jetzt ganz unmöglich dies Alles auf=
zugeben, ihn allein zu lassen in der Stunde der Noth.
Das Band, welches sie an ihn knüpfte, war nicht Liebe,
es wäre eine Profanation, wollte ich das Wort brauchen;
aber es war eine kräftige, heroische, klarsehende Treue,
die jeden Dorn und Stein ihres schwierigen Weges be=
merkte und ihn trotzdem betrat. Ihr Leben würde und
mußte von jetzt an ein langer Kampf sein, es gab kein
Stillstehen, kein Ruhen, nach dem sie sich so innig
gesehnt.

„Kein Friede für den Bösen," sagte sie oft höhnend
zu sich selbst, dachte aber kaum daran, ob dies auf sie
anwendbar, ob sie gut oder böse sei. Nur das Eine
wußte sie, sie mußte muthig, kühn sein. Muth war
ihre einzige Hülfe.

Nachdem sie entdeckt, daß eine verheirathete Frau
keine Rechte besitze, ihr weder Schutz noch Hülfe zur
Seite stehe, hatte sie sich entschlossen ihre Sache in ihre
eigenen Hände zu nehmen und sich nach besten Kräften
selbst zu schützen; sowohl durch Muth, als auch durch
eine Eigenschaft, welche bei den Frauen List, bei den
Männern Diplomatie genannt wird. Dies war um so
leichter, da ihres Mannes Charakter ein durchaus feiger
war. Er ängstigte sich stets vor irgend etwas oder
Einem, oft vor sich selbst. Er besaß keinen rechten
Willen; es galt als ein stehender Scherz bei den Kin=
dern, daß wenn Papa etwas thun wollte, es gewiß nicht,
oder mindestens aus Zufall geschah. — Deshalb war

sich Josephine bewußt, zweifach so stark und willens=
kräftig als er zu sein.

Ihr Plan war ein sehr einfacher gewesen; sie wollte
ihr Haus verlassen, als sei es für eine kurze Reise, und
nach Frankreich gehen, um in Paris mit ihren Kindern
als zurückgekehrte französische Emigrantin zu leben. Wenn
sie, wie sie hoffte, Arbeit bekam, wollte sie in Paris
bleiben, sonst nach Australien, wohin es sei, entfliehen,
nur um ihrem Gatten zu entrinnen, und ihre Kinder
für sich allein zu haben. War seine Macht gesetzmäßig
auch groß, moralisch war sie nur klein; denn Tyrann
und Sklave wechseln die Rollen, wenn der Eine die
Seele eines Löwen, der Andere die eines Hasen hat.
Eine zur Verzweiflung getriebene Mutter hat beim
Schützen ihrer Kinder stets etwas von einer Löwin an
sich, und es ist schwer mit ihr fertig zu werden.

So tragisch die Lage war, in die sie jetzt gekommen,
so lag doch wieder ein gewisser Trost darin; es befand
sich in ihren Händen eine Macht, die sie stets gebrauchen
konnte, in ihres Mannes Feigheit lag ihr Schutz. Da
sie jetzt ihren Willen geändert und beschlossen bei ihm
zu bleiben, um dem Schlimmsten zu begegnen, so hoffte
sie, daß der Muth, der sie befähigt hätte, den Gatten
von sich zu stoßen, ihn jetzt vielleicht in gewissen Schran=
ken halten und auf den rechten Weg führen würde. Sie
konnte ihm nicht mehr vertrauen, nicht mehr an ihn
glauben, sie stand ganz allein, und es lag ihr ob, sich
und ihre Kinder zu schützen und zu vertheidigen, aber
sie hoffte, diese Kraft zu besitzen. Kühn und muthig
mußte sie den Verhältnissen ins Auge schauen und dem=

gemäß handeln. Es durfte kein schwaches Nachgeben gegen das, was zweifelhaft oder unrecht war, mehr vor= kommen, kein Vorschützen von ehelichen Pflichten, durch die man gelobt: „zu lieben, zu ehren und zu gehorchen,“ denn wenn die beiden Ersten unmöglich geworden, ist das dritte Gebot einfach lächerlich und unausführbar. Auch durfte sie nicht versuchen den Kindern ihren Va= ter in einem Lichte zu zeigen, das er selbst immer gleich wieder verlöschte. Wenn ihre Kinder entdeckten, was oft geschah, daß der Vater die Unwahrheit gesagt, so durfte sie dies nicht beschönigen oder entschuldigen wollen, sie mußte einfach zugeben: „Es ist eine Lüge, aber er kann nicht anders, er vermag nicht Wahrheit und Lüge zu unterscheiden. Bemitleidet ihn und seid Ihr selbst nur recht wahrhaftig!“ Wie oft kam ihr der Gedanke, daß ehe sie ihre Kinder dem Vater gleich sehen möchte, ehe sie seine Pfade wandelten und so unzuverlässig, untüch= tig, ja strafbar würden, möchte sie dieselben in ihre stillen Gräber betten. (Erhörte Gott aus Gnaden ihr Gebet? Ich weiß es nicht, nur das ist klar, ihr war ein hartes Loos beschieden.)

Während Josephine fest entschlossen war, bei irgend welcher moralischen Krisis die Augen ihrer Kinder dem Irrthume, dem Unrecht des Vaters zu öffnen, hoffte sie dennoch dieselben auf dem Pfade des Rechtes und der Pflicht zu erhalten und sie zu lehren, nicht diesen ihren Vater zu ehren, das war unmöglich, aber die Idee der Vaterschaft, das heilige Band, welches so groß und er= haben ist, daß jeder Mensch es hochhalten sollte.

Es war eine schwere, fast übermenschliche Aufgabe,

die Frau Scanlan sich stellte, doch war sie leichter als jene Alternative, entweder dem Uebel sich willig und ohne Widerstand zu fügen, oder davor fliehend, den Gatten der Noth und Schande, vielleicht einem einsamen Tode zu überlassen.

Der Zusammensturz seiner Verhältnisse mußte bald erfolgen. Josephine glaubte nicht, daß man ihn verfolgen, gar festnehmen würde, doch daß er seines Amtes entsetzt, seiner Ehre beraubt, Ditschley verlassen müßte, schien ihr sicher. Da würde fortan auf ihr die Sorge für die ganze Familie ruhen, sie würde auch noch für ihren Gatten das Brot schaffen müssen. Was that das? Sie hatte ja schon lange keine frohe Zukunft mehr gesehen. Ihre Hoffnungen waren verlöscht, Verzweiflung hatte ihre Stelle eingenommen. Ja selbst die Aussicht auf das zu erwartende Vermögen war fast mehr ein Fluch, denn ein Segen geworden. Wenn sie nichts davon gewußt, wäre sie vielleicht strenger gegen ihres Mannes Leichtfertigkeit und Verschwendungssucht gewesen, sie hätte dann wohl die Zügel in ihre Hand genommen, die er zu schwach zu halten war. Aber gerade das Bewußtsein dieses Geheimnisses hatte ihr ein Gefühl der Schuld gegen ihn gegeben, das sie schwächer zum Widerstande machte, sie gleichgültiger für die Gegenwart in Hoffnung auf die Zukunft sein ließ. Weshalb aber dieses Bedauern? Dazu war es jetzt zu spät.

Frau Scanlan war überzeugt, daß die Krisis nahe sei, als der Vicar am Sonntag Morgen noch nicht heimgekehrt und Cäsar eilig umherlaufen mußte, einen Stellvertreter für seinen Vater zu schaffen. Als dies

endlich gelungen, und Josephine von einer unbestimmten
Furcht ergriffen ward, ihr Mann könne aus Angst vor
Entdeckung sich aus dem Lande entfernt haben, kam er
still und ganz niedergeschlagen an, mit einem Wesen
und Gesichtsausdruck, welche die Mutter nicht gern von
ihren Kindern bemerkt sehen mochte. Sie schickte sie
eilig zur Kirche und führte den Gatten in das Schlaf=
zimmer, wo er sich in grenzenloser Verzweiflung auf
sein Bett warf.

„Es ist vorbei mit mir!" rief er stöhnend. „Ich
wußte, es mußte dahinkommen, da Du verweigertest
mir zu helfen. Jetzt sind wir am Ende."

„An welchem Ende?" fragte Josephine. Sie hatten
sich Beide nicht zum Gruße geküßt, doch war sie ihm
gefolgt und hatte ihm manchen kleinen gewohnten Dienst
erwiesen. Jetzt stand sie zwar bleich, doch ruhig und
gefaßt an seiner Seite, auf Alles vorbereitet.

„Dieser Mensch, dieser Langhorne will nicht länger
warten; er verlangt die Einsicht in die Rechnungsbücher.
Das Geld ist fort, ich kann es nicht zurückerstatten. So
bin ich ruinirt."

„Ja."

„Ich habe mein Möglichstes gethan," fuhr der Vicar
in tief gekränktem Ton fort; „ich befolgte sogar Deinen
Rath wegen der Lebensversicherung. Dr. Waters ver=
sprach Erkundigungen einzuziehen, aber auch er hat schlecht
an mir gehandelt und nichts von sich hören lassen. Die
ganze Welt hat mich verlassen, ich bin ein verlorener
Mensch. Und da stehst Du in Deinem hübschen An=
zuge und scheinst Dich ganz wohl zu befinden. Es war

wohl recht behaglich hier ohne mich? Du willst also
gar zur Kirche gehen, nun genire Dich nicht, laß mich
mit meinem Jammer allein!"

Josephine erwiderte auf dies Alles kein Wort. Sie
versuchte nur in seinem Angesicht etwas zu finden, was
Dr. Waters Annahme bestätigte oder widerlegte, und
sie sah oder bildete es sich ein, trotz seiner erhitzten
Wangen eine krankhaft bleiche Farbe zu bemerken, und
warf sich vor, dies nicht früher gesehen zu haben. Dies
hübsche aber ausdruckslose Antlitz ward ihr nicht theurer,
doch betrachtete sie es mit einer Art von ängstlichem Mit=
leid, in welches sich die Dankbarkeit mischte, daß sie
Kraft genug hatte das Geheimniß allein zu tragen, denn
Dr. Waters Ausspruch würde den Vicar zu Boden ge=
schmettert haben. In Wahrheit befand er sich nicht
schlimmer, als wir Alle — wir tragen ja auch den To=
deskeim in uns und jede Minute stehen wir am Rande
des Grabes — doch aber würde eine so schwache Na=
tur, wie Edward Scanlan's, das Bewußtsein einen Herz=
fehler zu haben, vermuthlich getödtet haben. Predigte
er auch stets von jener einstigen „Herrlichkeit," so sehnte
er sich doch nicht danach.

Deshalb nahm seine Gattin wieder seine Bürde auf
sich und trug sie allein bis zum Ende.

„So gehst Du nicht zur Kirche?" sagte er nach ei=
ner Weile, als er bemerkte, daß sie den Hut abgenom=
men und ruhig neben ihm saß. „Das ist freundlich
von Dir und mir sehr lieb. Wird aber die Gemeinde
Deine Abwesenheit nicht sonderbar finden?"

„Danach frage ich nicht."

Du müßtest es aber," rief er gereizt. „Ich weiß,
daß ich ganz anders in der Welt stände, wenn ich eine
Gattin gehabt, die etwas mehr auf Aeußerlichkeiten
gehalten."

Josephine wollte ärgerlich antworten, bezwang sich
aber und sagte ruhig:

„Vielleicht ist dem so. Aber Edward, wenn ich auch
nicht nach außen hin glänzte, ich denke doch eine gute
und nützliche Frau, eine brave Gattin gewesen zu sein,
und will Dir auch jetzt nach besten Kräften beistehen,
wenn Du meine Hülfe annimmst."

„Das ist meine gute Josephine! So sind wir wie=
der Freunde? Du wirst mich nicht verlassen, wie ich
fast schon fürchtete? Ich hatte in den letzten Tagen so
schreckliche Traumgesichte, man schickte mich ins Gefäng=
niß, ich starb dort, ohne Dich wiederzusehen. Dahin
wirst Du es nicht kommen lassen? Du wirst nicht lei=
den, daß sie Deinen Mann einschließen mit anderen
schrecklichen unsauberen Leuten zusammen, o es wäre zu
fürchterlich. Rette mich davor, Josephine, versuche es,
mich zu retten!"

In dieser kleinlichen, jämmerlichen Art fuhr er fort
zu klagen und wagte dabei nicht, seiner Frau ins Ant=
litz zu blicken, doch hielt er ihre Hand krampfhaft fest.

Ein Mann muß fest und männlich sein, will er vom
Weibe geliebt werden. Einen Moment wandte sie sich
ab, und ihren zarten stolzen Mund — den echten charak=
teristischen Mund der de Bougainville's, auch Cäsar
hatte ihn — umspielte ein Ausdruck, den der Vicar nicht
gern gesehn haben würde, wenn er ihn nämlich ver=

standen hätte. Bald aber siegte das tiefe Mitleid, wel=
ches die Liebe überdauert, im Herzen der Gattin.

„Sprechen wir nicht vom Gefängniß, lieber Edward,
dahin wird es so Gott will nicht kommen. Vielleicht
gelingt es mir einen Ausweg zu finden, wenn Du mir
Alles vertrauen willst — aber Alles!"

„Ich habe Dir nichts verschwiegen, außer meinem
Besuche bei Dr. Waters; aber es ist zu nichts dabei
gekommen; wie immer mit mir. Ich bin nun einmal
der unglücklichste Mensch der Welt."

Dies war sein steter Klageruf, doch Josephine hatte
es aufgegeben dagegen zu sprechen. Sie quälte sich so=
gar nicht mehr damit all das Gute herzuzählen, welches
sie das ihre genannt und aus dem ein großes Glück herzu=
leiten war: Jugend, Gesundheit, liebe Kinder, ein wenn
auch nur kleines, doch gesichertes Einkommen, welches
bescheidenen Ansprüchen wohl genügt hätte, wenn nicht
jenes schlimme Etwas als Hinderniß aufgetreten, welches
der Vicar: „sein Unglück" nannte.

„Weshalb bist Du so schweigsam? Woran denkst Du?
Was schlägst Du vor? Denn ich sage Dir, Josephine,
wir sind am Ende, wenn ich nicht noch durch die Le=
bensversicherung zu retten bin. Ja, Du sollst Deinen
Willen haben. Morgen geh ich nach dem Büreau der
Anstalt."

Josephinens Herz stand still. Dann erwiderte sie
mit abgewandtem Gesicht:

„Ich habe mich anders besonnen — ich möchte nicht,
daß Du Dein Leben versichertest."

„Nun, das ist ein guter Spaß; das muß ich ge=

stehen. Nachdem Du mich damit unabläſſig gequält,
ſpringſt Du ab, ſobald ich mich endlich dazu entſchloſſen.
Du biſt doch der veränderlichſte, unzuverläſſigſte Charakter; doch das ſind ja alle Frauen; Euch zu verſtehen
iſt unmöglich."

Joſephine ſchwieg.

„Oder ſollteſt Du irgend einen geheimen Grund haben Deinen Willen durchſetzen zu wollen?" rief der
Vicar mit jener Schlauheit, welche kleine Naturen oft
für Scharfſinn halten und nach der ſie Anderen die
Motive unterlegen, die ſie ſelbſt geleitet haben würden.
„Aber nein, ich laſſe mich nicht ſo an der Naſe herum-
führen; gewiß nicht!"

„Oh! mon Dieu! mon Dieu!" flüſterte Joſephine,
den Ausruf nicht nach der leichten franzöſiſchen Art
nehmend, denn ſie war in ſtrengen hugenottiſchen Grund-
ſätzen erzogen, ſie brauchte ihn als einen Jammerſchrei
in einer ihrem Gatten fremden Sprache. „Höre mir
zu, Edward!" fuhr ſie ernſt fort. „Ich habe keinen geheimen Plan, keine verſteckte Abſicht. All mein Denken
iſt nur auf Dein Beſtes gerichtet. Ja, ich änderte
meine Anſicht, doch geſchieht dies nicht öfter bei beſſerer
Ueberlegung? Dieſe Lebensverſicherung würde Dir viel
Schwierigkeit und Mühſal bereiten, und Du liebſt dieſe
nicht."

„Ich haſſe ſie."

„Wenn ich Dir nun Alles abnähme, wenn ich einen
Weg fände die Sache für Dich zu arrangiren —"

„O, thu es; und laß mich nie mehr ein Wort davon hören!" ſagte er mit einem aufleuchtenden Blick;

denn all seine tiefgekränkte Würde schmolz dahin vor
dem trostvollen Gedanken, der Last los zu sein. „Du
bist die klügste Frau, welche mir vorgekommen. Handle
ganz nach Deiner Einsicht, ich will nicht einreden. Nur
befriedige meine Neugier, indem Du mir mittheilst, wie
Du das Ganze zu arrangiren meinst."

Es war ein sehr einfacher Plan, den sie endlich als
besten herausgefunden. Sie wollte die Rechnungen selbst
durchsehen; als sie heirathete, wußte sie kaum, daß zwei
und zwei vier sind, jetzt aber war sie eine vorzügliche
Rechnerin und Buchführerin; wenn sie das Deficit genau kannte, wollte sie es einfach und wahrheitsgetreu
Herrn Langhorne gestehen. Er war, wenn man offen
und wahr mit ihm verfuhr, ein guter Mann und er
würde ihre Ansicht theilen, daß ihr Mann mehr aus
Nachlässigkeit, denn mit Bewußtsein unrecht gethan.
Wenn es nur „vertuscht" werden konnte — o, der Jammer für diese brave stolze Frau, daß Einer ihrer Familie etwas gethan, das verheimlicht werden mußte! —
dann gelänge es ihr vielleicht durch ihren Verdienst in
monatlichen Zahlungen die Schuld abzutragen. Jedes,
was sie selbst zu thun im Stande, dessen fühlte sie sich
sicher, alles Andere war aber nur ein Bauen auf den
Sand. Sie hoffte, Herr Langhorne würde ihr trauen,
und so leicht ihre Beziehungen nur gewesen, immer
hatte sie ihn gütig und gerecht gefunden; er war ein
Mann, an dessen Großmuth sie appelliren konnte, ohne
sich verwundet zu fühlen.

Als sie ihrem Manne dies zu erklären versuchte, war
er ganz entsetzt. Die reine Wahrheit zu sagen, war für

ihn stets das Letzte, woran er dachte. Ein Vergehen zu
bekennen und es gut zu machen — der einzige Weg
Gerechtigkeit und Gnade zu versöhnen — war eine ihm
geradezu unfaßbare Idee. Er wünschte immer nur seine
Schuld zu verheimlichen, sie dem Auge der Welt zu
entziehen; um dann ganz fröhlich weiter zu leben, als
sei sie nicht vorhanden. Sobald er nur der Strafe
entging, war er vollkommen zufrieden.

„Nein, Josephine,“ sagte er mit der Hartnäckigkeit,
welche so oft bei einem schwachen Charakter besteht,
„nein, Dein Plan ist unausführbar; schon der Gedanke
daran ist lächerlich. Was müßte Langhorne von mir
denken, was von Dir, wenn Du offen eingeständest,
Dein Mann habe das Geld verbraucht? Nein, nim=
mermehr! Wenn Du mir helfen willst, mußt Du etwas
Anderes ersinnen.“

„Es giebt keinen anderen Weg,“ erwiderte sie noch
ruhig, obgleich sie ihre Finger fest in einander ver=
schränkte und darauf niederblickte, nicht auf das Gesicht
neben ihr, damit nicht vielleicht ihre Augen Widerwillen
und Verachtung verriethen. „Ich habe so viel über die
Sache nachgedacht, daß ich fast darüber den Verstand
verloren, und immer komme ich nur zu dem einen
Ziel. Thust Du nicht, wie ich Dir rathe, so erwartet
Dich Elend und Schande.“

„Die Schande wird nicht mich allein treffen,“ sagte
er fast triumphirend. „Du solltest das bedenken, ehe
Du mich aufziebst; Du und die Kinder, Ihr werdet
auch darunter leiden.“

„O, ich weiß es!“ rief die unglückliche Gattin, und

sie war versucht den Tag ihrer Verheirathung zu ver=
wünschen und die kinderlosen Frauen zu beneiden, welche
sie einst bemitleidet. Sie hatten wenigstens den einen
Trost, daß ihr Elend mit ihnen enden würde. Sie
durften nicht fürchten auf eine unschuldige Nachkommen=
schaft den Fluch eines moralischen Fleckens zu vererben,
der viel schlimmer ist als jedes körperliche Leiden.

Bridget Halloran machte einst zu mir eine ihrer origi=
nellen irischen Bemerkungen, indem sie sagte, wenn es
ihr übertragen würde, eine neue Welt zu schaffen, so
sollten alle Männer in dieser heirathen und alle Mäd=
chen ledig bleiben. Wenn die treue Dienerin in jener
Stunde ihre angebetete Herrin gesehen, würde sie in
ihrer Meinung nur bestärkt worden seien. Es ist dem
Manne wie der Frau nicht gut, daß sie allein sind;
aber bei dem gewichtigen Schritt in eine dunkle, un=
gewisse Zukunft hinein, welche jede Ehe bietet, ist die
Gefahr für das Weib viel größer und unberechenbarer.
Ein einsames Leben ist traurig, doch an einen Narren
oder Elenden gebunden zu sein, kann wahnsinnig machen.

Josephine Scanlan sah in dieser Stunde aus, als
habe die dunkle Gewalt des Irrsinnes sie erfaßt; ihre
schwarzen Augen leuchteten unheimlich, während sie mit
nervöser Hast an dem goldenen Trauringe schob und
drehte, daß er fast vom Finger rollte, dem Zeichen so
vieler Jahre des Unglückes, die sie in der Ehe durchlebt,
denen noch unbekannter Jammer folgen würde. Noch
einmal ergriff sie der Gedanke an Flucht, doch verschwand
er ebenso schnell. Ihren Mann zu verlassen in seinem

Elende, in seiner Schande, wäre nach Josephinens An=
sicht mehr als schlecht, wäre feige gewesen.

„Ich kann nicht fort, ich kann nicht," sagte sie zu
sich selbst. „Wenn ich Geduld habe, finde ich doch noch
vielleicht einen Ausweg. O, wenn ich Jemand hätte,
der mir riethe, hülfe! Aber ich habe Niemand in der
großen weiten Welt — Niemand."

Und in dieser Verlassenheit von allem menschlichen
Beistand wurde die unglückliche Frau dahin geführt,
wo es Hülfe giebt. Nur die, welche selbst solche gna=
denvollen Momente erlebt, glauben daran. Josephine
barg ihr Antlitz in ihre Hände und was sie selten that,
obgleich sie ihre Kinder dazu anhielt, sie betete. „Unser
Vater, der Du bist im Himmel." Im Himmel ja —
aber wie es ihr schien, so weit, so unerreichbar von der
armen Erde.

Die Doctrin vom. „Erhören der Gebete" erschien
mir stets in jeder Weise Thorheit oder Profanation.
Soll der große Lenker des Weltalls sein Pläne meinet=
wegen ändern, sein nach weisen Regeln fortschreitendes
Werk, das alle Dinge, so verschleiert sie uns sein
mögen, endlich zum Besten führt, zu meinem indivi=
duellen Vortheil still stehen oder einen anderen Weg
nehmen heißen? Nein, ich möchte nicht, wage nicht
etwas Derartiges zu glauben. Aber ich glaube an des
Ewigen Einfluß auf unsere Seelen in so wichtigen
Momenten, den er in friedlicher und sichtbarer Weise
anwendet, wie Frau Scanlan sich dies ihr ganzes
Leben hindurch erinnerte.

Als sie noch mit verborgenem Angesicht saß und

darüber nachdachte, ob ihr Gebet ihr Hülfe bringen
würde, hörte sie durch die Stille das ferne Geläut der
Kirchenglocke in Ditschley. Nicht den Klang, welcher
zum Besuche des Gotteshauses rief, der war schon seit
einer Stunde verstummt, sondern das Sterbeglöcklein,
das der Gemeinde verkündet, wie Einer aus ihrer
Mitte in jene Welt gegangen, von der wir so viel
sprechen, wenn wir sie auch so wenig kennen.

„Das ist die Sterbeglocke!" rief der Vicar aufspring=
gend. „Für wen kann sie läuten? Zähle die Schläge!"

In Ditschley herrschte wie in manchen andern Kirch=
spielen Englands die Sitte, das Alter des Verstorbe=
nen durch die Zahl der Glockenschläge anzuzeigen.

Josephine zählte achtzig — sogar darüber. Es gab
in Ditschley Niemand außer dem Rector, der so alt
war. Sie saß still und starr. Auch ihr Mann schien
von Scheu und Ehrfurcht erfaßt, er nahm wieder ihre
Hand und flüsterte leise: „Sollte es Herrn Oldham
gelten?"

Gleich darauf kehrten die Kinder früher als sonst
aus der Kirche zurück. Adrienne und Gabriele wein=
ten, Cäsar sah ernst und betrübt aus. Er brachte die
traurige Kunde, welche während der Predigt eingetrof=
fen und von der Kanzel verkündet worden war, die
ganze Gemeinde mit feierlichem Schauer und wahrer
Betrübniß erfüllend.

Frau Scanlan hörte die Worte ihres Sohnes
und sank auf ihren Stuhl zurück, bleich und starr.
So war das Ende gekommen, seiner Leiden und ihrer
Angst und Ungewißheit. Der Rector war todt.

Er war ruhig und unerwartet gestorben, berichtete
Cäsar; denn da er seiner Mutter Anhänglichkeit an
den alten Freund kannte, war der vorsorgliche Knabe
gleich nach dem Pfarrhause gelaufen, die näheren Um=
stände zu erfahren. Kein Kampf hatte sich auf dem
Angesicht verrathen. Der Geist war sanft·seiner Hülle
entschlüpft und die Flügel ausbreitend war er entflohen.
Ob er wohl mit friedevollem Lächeln auf diese arme
Frau zurückschaute, welche nun am Ende ihrer Ver=
zweiflung stand?

Ein' tiefer Kummer um Herrn Oldhams Tod war
unmöglich. Selbst der Nächststehende konnte nur freu=
dig und dankbar die Hände erheben, daß der arme
Leidende endlich erlöst war, befreit von einem Dasein,
welches nur noch eine schwere Bürde gewesen. Ist es schon
betrübt einen noch jungen frischen Geist gegen die Fes=
seln des Alters und der Krankheit sich sträuben zu
sehen, so ist der Zustand, zu dem Herr Oldham bald
gelangen mußte, noch ein viel schlimmerer; schrecklich,
wenn der Mensch nur noch ein Körper, ein Geschöpf
aus Erde scheint, das man lieber dem Auge entrückt.
Unter solchen Verhältnissen ist es schwer das Gefühl
zu bewahren, als lebe in dieser hülflosen Form noch
ein Geist. Erst nach einiger Zeit, wenn die Erinne=
rung an Schwäche und Krankheit erblaßt, kommen
unsere Todten uns wieder in ihrer alten lebenden Iden=
tität zurück; und je weiter die Jahre schreiten, die uns
von ihnen trennen, desto näher treten sie uns; nicht
als Gestorbene und Begrabene, sondern als lebende
Bewohner eines anderen fernen Landes, für das auch

wir bestimmt sind, und das wir ruhig, ja freudig erwarten, indem wir beim Näherkommen immer lauter das Rauschen der uns noch von ihm scheidenden See hören.

Als der erste Schreck vorüber, die nur natür= lichen Thränen vergossen waren, welche jedem Tod= ten gelten, fühlte Josephine eine ungewohnte Leich= tigkeit des Herzens. Ihre gegenwärtige Angst war jedenfalls insofern beseitigt, als Herr Langhorne zu viel mit den Angelegenheiten des Rectors zu thun haben würde, um jetzt gleich die Rechnungslegung vom Schul= bau zu verlangen. Was konnte nicht Alles in der gewonnenen Zeit geschehen! Wäre es nicht möglich, daß der goldene Traum, der so lange unerfüllt geblie= ben, sich nun doch noch realisirte? und daß sie die Er= bin des Rectors war?

Eine Woche vorher hätte sie geglaubt, ihr Leid mache sie gleichgültig gegen Alles, auch gegen dies, aber die menschliche Natur besitzt eine wunderbare Macht der Reaction und Josephinen war sie besonders zu eigen. In ihr lebte jene Hoffnungsfülle, welche nichts auf immer zu tödten vermochte; aber dieses Hof= fen machte den Stand der Angelegenheit noch schlimmer.

Ihr Versprechen an Herrn Oldham band sie nur bis zu dessen Tode, sie wäre also jetzt frei gewesen, ihr Hoffen und Fürchten ihrem Gatten mitzutheilen; trotz= dem dachte sie nicht daran, dies zu thun. Hätte sie auch keinen anderen Grund gehabt als den, ihrem Manne die Angst, die Gemüthsbewegung zu ersparen, unter der sie selbst die ganze schreckliche Woche litt, welche zwischen dem Tode und dem Begräbniß des

Rectors verstrich; denn Herr Langhorne und Dr. Wa=
ters, die allein Alles in Händen hatten, bestanden dar=
auf, acht Tage auf die Ankunft von Lady Emma Las=
celles und ihrem Gemahle zu warten, von denen jedoch
Niemand eintraf. Diese Tage peinlicher Ungewißheit,
in denen Josephine nichts zu thun oder zu denken ver=
mochte, als immer die Für und Wider ihrer Hoffnun=
gen zu erwägen, griffen sie dergestalt an, daß sie ein=
sah, sie müsse ihr Geheimniß noch länger still bewah=
ren. Wenn es zu nichts kam, so würde Edward Scan=
lan den Schlag nicht ertragen; wenn der Traum sich
erfüllte, möchte er vielleicht ein Wenig ärgerlich sein,
daß sie so lange geschwiegen, aber der Gatte einer Er=
bin, und besonders ein Edward ·Scanlan, konnte in
solchem Falle nicht lange zürnen.

Während dieser endlosen Woche, als der Rector
todt im Pfarrhause lag, oder wie Josephine lieber
dachte, zu neuem Leben erstanden war, zeigte sich der
Vicar sowohl in der Welt, als in der eigenen Familie
von seiner besten Seite. Vielleicht lag ihm daran, die
Stimmen der Kirchenältesten für sich zu gewinnen oder
— legen wir ihm die besten Motive unter — es
rührte ihn, seine Frau so betrübt durch den Tod ihres
alten Freundes zu sehen. Er war wenig zu Hause,
denn er hatte viele Geschäfte abzuthun; sobald er aber
heimkehrte, benahm er sich freundlich und gütig. Nie=
mals machte er irgend eine Andeutung auf den zu
erwartenden Sturm, er schien überzeugt, daß mit dem
Schweigen darüber die Gefahr schon halb beseitigt
sei, daß „etwas geschehen würde", wie er so gern sagte,

um ihn vor den Folgen seines Handelns zu schützen.
Das war das Einzige, was ihm am Herzen lag. Nicht
daß er gesündigt, ängstigte ihn; nur daß es bekannt
werden könnte. Selbsterhaltung und Rettung, das war
sein Endziel.

Es war ein Beweis, welche Selbstbeherrschung die
einst so ungestüme und leidenschaftliche Josephine er=
langt hatte, daß sogar die treue Bridget in dieser ver=
hängnißvollen Woche nichts Besonderes an ihrer Herrin
bemerkte, außer einer großen Ruhe in ihrem Wesen
und dem Wunsche, allein und unbeachtet zu sein. Sie
blieb immer im Hause, verließ es nur zuweilen im
Zwielichte, um einen haftigen Spaziergang zu machen,
bei dem sie selbst ihres Sohnes Cäsar Gesellschaft zu=
rückwies. Wohl hätte ein aufmerksames Auge, das die
Zeichen geistigen Leidens verstand, sehen müssen, wie
mager Frau Scanlan in diesen Tagen wurde, wie
gespannt und ängstlich ihre Gesichtszüge waren; ja wie
anders selbst ihre Stimme klang, hätte auffallen kön=
nen, aber Niemand beachtete es, kein Verdacht ward
rege, und ihr Geheimniß blieb bewahrt.

Endlich war die Woche verflossen. In der letzten
Nacht vor Herrn Oldham's Begräbniß schlief Josephine
so fest, wie ein Kind oder wie zuweilen der Verbrecher
vor der Hinrichtung, nur daß sie frei von jedem Ge=
fühle der Schuld war. Ihre Verheimlichung des wich=
tigen Factums war mit klarem Bewußtsein geschehen;
sie war überzeugt, daß sie unter den gleichen Umstän=
den wieder so handeln würde.

In diesem Glauben war ihr Tadel oder Lob sehr

gleichgültig, nicht nur von ihren Bekannten, sondern selbst von ihrer eigenen Familie ausgehend. Sie küm= merte nur die wichtige Sache selbst, der Umstand, ob wirklich ihr Hoffen, das Versprechen des Rectors sich erfüllen würde — oder ob er vielleicht seinen Entschluß geändert.

Josephine war eingeladen worden, als Gefährtin für Lady Emma dem Begräbniß beizuwohnen, doch da diese nicht kam, blieb ihr Hingehen zweifelhaft. Herr Langhorne, der Sachwalter, hatte sehr bestimmt den Wunsch ausgesprochen, Herr und Frau Scanlan möchten beim Verlesen des Testamentes gegenwärtig sein; aber im letzten Moment erklärte der Vicar seiner Gattin, sie solle nicht mitkommen.

„Weshalb nicht?"

„Lady Emma's Wegbleiben zeigt, daß sie es für eine Dame nicht passend hält, der Beerdigung beizu= wohnen, und das ist auch meine Ansicht," sagte der Vicar bestimmt; aber nach einiger Zeit gestand er den Hauptgrund seiner Weigerung ein, daß er seiner Frau Traueranzug nicht gut genug fand.

Da sie nicht gewagt, Schulden zu machen, hatte sie kein neues Kleid gekauft, sondern ein altes zu= recht gemacht. Als sie jetzt vor ihm stand mit dem langen, enganliegenden Gewande, das die Magerkeit ihrer Gestalt sehr deutlich hervortreten ließ, blickte der Vicar kritisch musternd auf seine einst so reizende, statt= liche Frau. Wenn ihre Schönheit das Einzige gewe= sen, was ihn gefesselt, so war er jetzt ein freier Mann.

„Wie schrecklich schlecht Du Dich zuweilen anziehst,

14 *

Josephine, ich wünschte, Du thätest es nicht. Vergiß doch nur nicht, daß Deine Erscheinung auf mich zurück= fällt. So kannst Du nicht zu der Trauerfeierlichkeit gehen, es zeigte einen Mangel an Respect vor Herrn Oldham!"

„Er würde es nicht so aufnehmen, er kannte mich besser;" sagte sie sanft. „Ich möchte ihn gern zur Ruhe bestatten sehen und dann mit Dir der Testaments= eröffnung beiwohnen."

„Thorheit; uns kann es ganz gleichgültig sein, wie es lautet. Er mochte mich zuletzt nicht mehr leiden; ich zweifle, ob er mir auch nur das Geringste ver= macht hat. Ich muß leider hingehen, es ist nur eine Form. Du hast es nicht nöthig. Frauen sollten sol= chen Dingen immer fern bleiben."

Josephine war sehr bestürzt. Ihre Gegenwart bei dem Begräbniß war nicht nöthig, wohl aber beim Vorlesen des Testamentes, nicht um ihre Zweifel schneller zu beseiti= gen, danach fragte sie nicht, aber um ihren Gatten, „zu be= hüten," wie Dr. Waters ihr gerathen, denn selbst eine gute Kunde konnte so unvorbereitet nachtheilig wirken.

„Edward, laß mich mitgehen! Es kann ja Dir nichts schaden!" bat sie dringend.

Er aber behauptete, es ginge nicht. Die Leute könnten sagen, daß Frau Scanlan sich hindränge, wo= hin sie nicht gehöre und daß er selbst stets seiner Gat= tin Schatten sei. Er bestand darauf, sie solle zu Hause bleiben. Er hatte einen jener Anfälle, in denen er sich als absoluter Herrscher zeigen wollte; da war mit ihm nichts anzufangen, er mußte seinen Willen haben.

Josephine war in Verzweiflung. Gegen seinen Wunsch zu handeln war unmöglich, sich ihm zu fügen gefährlich. Während er seinen neuen Traueranzug und die tadellos weiße Cravatte anlegte — denn der Herr des Hauses hatte nie schäbige Kleider — sprach er sehr wohlgefällig von seiner Popularität und dem allgemeinen Wunsche, daß er die Stelle des Rectors bekommen sollte. Aber seine Frau war so in ihren Gedanken befangen, daß sie ihn kaum hörte; endlich sagte sie noch einmal weich und flehend:

„Edward, nimm mich mit; ich möchte Dich zu gern begleiten!"

Auf dem Gipfel der Selbstzufriedenheit war der Vicar unbeweglich.

„Ich habe einmal nein gesagt, dabei bleibt es. Dein Wunsch ist thöricht. Ich kann nicht erlauben, daß Du gehst."

„Aber —"

„Bin ich der Herr in meinem Hause oder nicht? War ich es nicht bis jetzt, nun will ich es sein. Kein Wort mehr!"

„Gut dann!" sagte sie fest, und ohne eine Silbe weiter zu erwähnen ließ sie ihn gehen.

Sonst würde sie alle Selbstbeherrschung verloren und ihm ihr Geheimniß verrathen haben, vielleicht selbst jenes, welches Dr. Waters ihr erst vor so kurzer Zeit anvertraut, und das ihr schon eine jahrelange Bürde schien; aber gerade dies hielt sie zurück.

Wenn etwas geschähe, wenn ihn ein Leid träfe und sie wäre im Aerger von ihm geschieden! War ihr

Mann gegenwärtig, so quälte er sie oft auf eine uner=
trägliche Weise; sobald er aber fern, kehrte ihr treues
Herz immer wieder zu ihm zurück und suchte das Beste
von ihm zu denken.

Josephine saß am Fenster ihres Schlafzimmers und
hörte den Klang der Glocke über den Anger dringen.
Es hatte den ganzen Tag geregnet, aber im Westen
zeigte sich nun ein schwacher Lichtschimmer, welcher
hoffen ließ, daß die Begräbniß=Ceremonie vielleicht we=
niger trübselig sein würde, als sonst eine Beerdigung
an einem regnerischen Octoberabend zu sein pflegt.
Man hatte diese späte Tageszeit dazu gewählt, um den
armen Arbeitern der Gemeinde die Theilnahme an der
Feierlichkeit möglich zu machen, daß sie ihn zum Grabe
begleiten konnten, der stets gütig und mildthätig gegen
sie gewesen war!

Josephine war so lebhaft mit dem Vorgange beschäf=
tigt, daß sie Alles zu sehen und zu hören schien, das
leise Geräusch der wogenden Menge, und die Stimme
ihres Mannes, der klangreich und nachdrücklich las:
„Ich bin die Auferstehung und das Leben.“
Worte, welche bis jetzt nur Worte für sie waren.

Als der Klang der Glocke verhallt war, kamen
Bridget und die jüngeren Kinder, die lauschend drau=
ßen gestanden, hinein, und die Mutter wurde zum
Thee gerufen. Mechanisch goß sie ihn ein, und hörte zer=
streut auf das Gespräch, das zuerst sehr leise geführt
ward. Die kleine Schaar hatte Herrn Oldham schon
fast vergessen, aber sie wußte, daß die Mutter ihn
gern gemocht. Bald aber wurden die Kinder lebhaft

und vergnügt wie immer, wenn ihr Vater nicht zu
Hause war.

So ging die Zeit dahin, Josephine wußte kaum wie,
bis Bridget eintrat und fragte, ob sie Licht bringen solle.

Jetzt vermochte Frau Scanlan ihre innere Angst
und Unruhe nicht mehr zu bemeistern, menschliche
Kraft reichte nicht aus dagegen anzukämpfen. Mochte
es kommen, wie es wollte, sie mußte nach dem Pfarr=
hause. Die beiden ältesten Knaben, welche von fern
dem Begräbniß zugesehen, waren heimgekommen und
hatten sich zu ihren Arbeiten niedergesetzt. Es wäre
am natürlichsten gewesen, wenn Josephine gesagt:
„Kinder, Papa ist noch nicht zurückgekehrt, ich will
ihm entgegen gehen.“ Dann aber würde Cäsar, der
seine Mutter gern beschützte, sie haben begleiten wollen.
Um das zu vermeiden, stahl sie sich gleich einem Diebe
aus der Hinterthür, selbst Bridget vermeidend, und
flog mehr, als sie ging, durch Wind, Regen und Dun=
kelheit über den Anger und durch die Straßen von
Ditschley. Niemand war draußen, der Begräbnißtag
des Rectors schien gleich einem Feiertage gehalten zu
werden; die Läden waren halb geschlossen und hinter
den Fenstern sah Frau Scanlan kleine Gruppen bei
einander sitzen über den guten alten Herrn sich unter=
haltend, und ohne Zweifel die Frage erörternd, wer
wohl sein Nachfolger sein werde.

Sehr bald stand Josephine an der Pforte des Pfarr=
gartens, an demselben Gitter, über welches das alte,
gütige und schlaue Gesicht des Rectors sie angeblickt,
als er ihr die wichtigen Worte sagte, sie solle seine

Erbin sein. Hatte er wahr geredet? Das Factum mußte jetzt entschieden sein, und im glücklichen Falle wäre ihr Mann doch wohl gleich nach Hause gekommen. Weshalb blieb er so lange aus? War etwas vorgefallen? Und eine Vorahnung des steten Gefühles von Furcht, unter dem sie jetzt immer leben mußte, und Niemand ihre Besorgniß klagen konnte, durchzitterte ihr Herz mit kalten Schauern.

Es gab nur einen Weg nach dem Pfarrhause, sie konnte ihren Mann nicht verfehlt haben, also mußte er noch dort sein. Jetzt aber, da sie dort angelangt, wagte sie nicht einzutreten. Welchen Grund konnte sie für ihr Kommen angeben? Wie sollte sie dem Diener erklären, weshalb sie hier stand mit triefenden Kleidern, zitternd vor Angst und Kälte, und mehr wie eine Wahnsinnige, als des ehrenwerthen Vicars ehrenhafte Gattin. Nein, sie mußte noch etwas länger warten. Vielleicht war gar nichts Besonderes geschehen, weder Gutes noch Schlimmes; der Vicar mochte nach dem Vorlesen des Testamentes zu einem Bekannten gegangen sein, den Abend dort zuzubringen.

Ein großer Baum hing über der Gartenpforte und dort suchte Josephine Schutz, bis der immer heftiger strömende Regen sie durch das nur noch spärliche Laub traf. Noch nach Jahren, als sie in Reichthum und Pracht lebte, in Seide und Sammet einherging und ihr Fuß nur von Teppichen in schön gepolsterte Equipagen trat, als sie kaum mehr wußte, was es heiße, allein und unbeschützt dazustehen, da erinnerte sich Josephine zuweilen, wie von einem schrecklichen, ängstlichen

Traum befangen, jenes armen, unglücklichen Weibes,
das in Wind und Regen unter dem Baum am Pfarr=
garten stand, zitternd, daß es Jemand bemerken könne,
sich fragend, ob wohl Gott sie sah oder ob sein Auge
schon lange für sie und ihr Elend geschlossen war. Und
der Regen rauschte hernieder, der Wind ächzte, der scharfe
Wind, der von der See herkam, und die Thurmuhr
verkündete die dahineilenden Viertelstunden.

Endlich war es halb neun Uhr; Josephinens Klei=
der waren durchnäßt, doch fühlte sie, sie könne nicht
nach Hause gehen und wagte sich noch weniger einzu=
treten, als sie plötzlich einen Wagen hörte, der langsam
vom Pfarrhause der Pforte zukam. Beim Scheine seiner
Laternen erkannte sie Dr. Waters Brougham. Der Arzt
saß darin, neben ihm ein Herr, den er zu stützen schien.

Josephine sprang an die Thür des Wagens und
klopfte an das Fenster, daß der Arzt ärgerlich rief:

„Geht fort, Weib! Guter Gott, sind Sie es, Frau
Scanlan?"

„Ja, ich bin es. Ist mein Mann bei Ihnen?"

Eine zitternde Hand streckte sich aus und eine
schwache Stimme flüsterte:

„Josephine, komm zu mir — ich brauche Dich!"

„Ja, steigen Sie ein; nehmen Sie meinen Platz,
ich werde nach Hause gehen," sagte Dr. Waters und
sprang heraus. Er erzählte nun, daß Herr Scanlan
eine leichte Ohnmacht gehabt, es sei etwas geschehen,
das ihn aufgeregt; doch fühle er sich schon besser und
werde bald wieder ganz wohl sein.

Josephine blickte erschrocken von Einem zum Anderen.

„Meine verehrte Frau, ich will mich deutlicher aus=
sprechen. Es war keine schlimme Nachricht, gerade das
Gegentheil, und Ihr Herr Gemahl wird den kleinen
Unfall bald überwinden. Ich wünschte, Sie wären hier
gewesen," fügte er etwas kühl hinzu; „es war sehr zu
bedauern, daß Ihre Gefühle, wie Herr Scanlan sagt,
es Ihnen unmöglich machten, dem Begräbniß wie dem
Verlesen des Testamentes beizuwohnen. Langhorne
wünschte das Letztere so und er war der Einzige, der
Näheres darüber wußte. Frau Scanlan, ich muß Sie
beglückwünschen. Sie sind Herrn Oldhams Erbin."

Josephine neigte ihr Haupt zustimmend — das
war Alles.

„Es ist ein sehr großes Besitzthum, wohl hundert
tausend Pfund Sterling werth. Und außer einigen
Legaten gehört Alles Ihnen."

„Josephine, hörst Du? Alles unser!" rief der Vicar
athemlos, sich verbeugend. „Hundert tausend Pfund!
Wir sind reich—reich für unser ganzes Leben!"

Wieder neigte sie ihr Haupt bejahend; aber in
Wahrheit hörte sie kaum; sie sah nur das aschfahle,
schmerzlich verzogene Gesicht ihres Mannes und seine
zitternden Hände, welche schon gierig nach dem Golde
zu greifen schienen.

Mit sanfter Gewalt half Dr. Waters Josephinen
in den Wagen und entfernte sich schnell. Sie legte
ihres Mannes Haupt auf ihre Schulter, nahm seine
Hände in die ihren, und so saßen sie still ohne zu
sprechen beieinander, während der Wagen langsam
dahin fuhr.

So war denn der goldene Traum erfüllt. Sie waren, wie Edward sagte, reich für's ganze Leben, reicher als Josephine es in ihren kühnsten Wünschen ersehnt. Sie konnte kaum an die Wahrheit glauben. Das Vermögen war ihr endlich zugefallen; welchen Werth hatte es noch für sie und die Ihrigen?

Nach und nach erholte sich der Vicar, endlich sagte er: „Josephine, wer würde das gedacht haben? Die Nachricht überraschte mich dergestalt, daß ich fast zu Boden sank; jetzt fühle ich mich schon besser, viel besser. Bald werde ich wieder ganz gesund sein und mich unseres Glückes erfreuen können."

„Ich hoffe es."

„Aber Du sprichst so kalt und seltsam. Bist Du denn nicht entzückt von unserem Glück oder besser dem Deinigen? Denn Herr Oldham hat Alles so sicher und fest gemacht, daß ich gar nichts von dem Gelde erheben kann, ja eigentlich gar nichts damit zu thun habe. Er ließ mich bis zuletzt seine Abneigung gegen mich fühlen. Und nicht ein Wort von der Sache zu sagen! Niemand, als Langhorne wußte darum, es sei denn —" ein schnell erwachter Argwohn lag im Ton und Blick des Vicares — „es sei denn, daß es auch Dir bekannt war?"

In ihrer Angst und Unruhe hatte Josephine nicht daran gedacht, wie sie sich ferner benehmen solle; und ob sie ihrem Gatten all die Umstände erzählen sollte, die so schwer zu erklären waren. Sie war jetzt so durch die plötzliche Frage überrascht, daß sie stammelte — zögerte.

„Du wußtest es, ich sehe es Dir an."

„Ja, erwiderte sie leise und bemüthig. „Herr Old=
ham selbst sprach mir davon, obgleich ich es ihm kaum
glaubte. Aber er vertraute es mir."

„Wann?"

„Vor sieben Jahren."

„Vor sieben Jahren! Du hast dies Geheimniß
vor mir — Deinem Gatten — sieben Jahre bewahrt?
Ich kann Dir dies nie vergeben — niemals wieder
kann ich an Dich glauben, Dir vertrauen, Josephine."

Und sie — was konnte sie sagen? Seine Ver=
gebung zu erbitten, würde ein reiner Vorwand gewe=
sen sein, denn sie fühlte sich nicht schuldig; ihre Motive
zu erklären war nutzlos, da er sie nicht verstehen konnte.
So fuhr dies „glückliche" Ehepaar, von dem jetzt ganz
Ditschley sprach, es um seiner großen Erbschaft willen
beneidend oder sich darüber wundernd, schweigend und
von einander abgewandt heim.

Ende des zweiten Bandes.

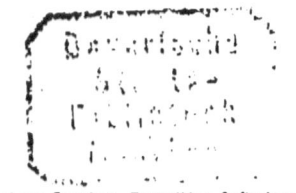

Druck der Engelhard-Reyher'schen Hofbuchdruckerei in Gotha.